孤独な鬼王と
千年の秘め恋

# 孤独《こどく》な鬼王《きおう》と千年《せんねん》の秘《ひ》め恋《こい》

月森《つきもり》あき

*ILLUSTRATION*：れの子《こ》

# 孤独な鬼王と千年の秘め恋

*LYNX ROMANCE*

*CONTENTS*

# 孤独な鬼王と千年の秘め恋

「じゃあな、蒔田《まきた》」

「うん、また明日」

蒔田凜《りん》はクラスメイトに別れを告げ、自宅へと続く石段に向かう。

近いから、という理由だけで選んだ高校は、自宅から徒歩十五分。

同じ方向に帰るクラスメイトとは、帰宅時間がかぶれば共に帰路についている。

徒歩通学の凜に合わせてここまで自転車を押して歩いていた友人が漕《こ》ぎ出すのを見届けてから、石段の手前にある鳥居をくぐった。

少し歩くとすぐに静山《しずやま》の頂上へ続く五百段の石段が見えてくる。

この入り口とは別に車が通れる道も作ってあるのだが、そちらの方が距離的に歩かなくてはならないため、凜は日頃この石段を利用して帰宅していた。

長い石段の先にあるのは、平安時代から続く静山神社。

石段を登りきると再び鳥居があり、その先の神門をくぐると玉砂利の敷かれた境内が広がっている。神門を抜けてすぐ右手に社務所と祈禱殿《きとうでん》があり、正面には手前に拝殿、真ん中に幣《へい》殿、奥に本殿という配置で建っている。

蒔田家は代々静山神社の宮司を務めており、現在は凜と両親の三人で神社敷地内にある自宅で暮らしていた。

半分ほど石段を登ったところで、凜は額ににじんわり滲《にじ》んだ汗を拭い、上方を仰ぎ見た。

季節は夏の終わり。

鬱蒼《うっそう》と茂る木々に遮られ、太陽の光はずいぶん和らいでいる。頰《ほお》を撫《な》でる山風が心地いい。

一息ついたその時、石段近くの茂みが音を立てて揺れた。

凜が視線を向けた直後、茂みから黒い物体が勢いよく飛び出してきた。

「わっ」

咄嗟《とっさ》にそれを抱き留めると、腕の中で真っ黒の毛玉がモゾモゾと動き、パチッと金色の瞳を見開いた。

「……びっくりした、伊織《いおり》か。迎えに来てくれたの？」

蒔田家の飼い猫である伊織は、目を細めてゴロゴロと喉を鳴らす。

凜は艶やかな黒い被毛を撫でてから、伊織を片手で抱え石段を登り始めた。

「お出迎えは嬉《うれ》しいけど、出来たらてっぺんで待っててほしいな。伊織を抱えて登るのはけっこう大変なんだよ」

凜がぼやくと喉のゴロゴロが止《や》み、伊織が口を開く。

「私だってそうしたい。だが、あやつらの動きが最近活発になってきてるからな」

伊織は猫の口で人の言葉を発した。

凜が物心ついた時からずっと、伊織は人間の言葉を話している。

凜からしたら猫はしゃべるのが当たり前だったので、初めて伊織以外の猫と会った時、「ニャー」としか言わなくて驚いた。

「あやつらって……」

「ほら、あそこにいる」

伊織は凜の背後に視線を送る。

そっと横目で確認すると、木々の間に靄《もや》のような黒い影が見えた。

大きさは凜と同じくらいで人に似た形をして見えるが、大きな翼のようなものが左右に生えている。

凜は影を視認すると石段を駆け上がった。

頂上の鳥居をくぐり神社の敷地内に入って、動悸《どうき》を鎮めるために伊織を抱いたまましゃがみ込んだ。

窮屈そうに腕の中から飛び出し毛づくろいを始め

る伊織に、息を乱しながら訴える。

「気がついてたなら、もっと早く教えてよ」

「ふん、いい加減慣れろ」

「無理だよ。だってあれは……」

凜の続く言葉をかき消すように、車のエンジン音が近づいてくる。

社務所の横に設けた駐車場に停《と》まったコンパクトカーから降りてきたのは、狩衣《かりぎぬ》姿の父だった。

「凜、今帰ってきたところか？　下で会っていたら乗せてこれたのに」

「すれ違っちゃったね。父さんはご祈禱に行ってたの？」

「ああ。今日は吉日だから」

ここは地元に密着した神社として近隣の人々がよく参拝に訪れ、祈禱の依頼も多く入る。

静山神社の歴史は古い。

起源は千年以上前の平安時代初期頃。

その昔、この辺り一帯には妖《あやかし》がはびこっていたそうだ。

妖というのは人に害をなすとされる存在。

この地域には妖についての様々な伝承や絵巻なども残されている。

それによると、妖は人間とは異なる奇怪な姿形をし、人智を超えた不可思議な力を用いて人間の里を襲い、またある時は天候をも操り災害をもたらした、悪《あ》しき者たちだと言い伝えられている。

そして、被害を受けた人々が力のある術者たちを集結させ、妖を封じ込めるために静山神社を建立したという。

現在も妖を封じたとされるお社《やしろ》が神社の裏手の丘に建っているらしいが、不浄の地として日頃立ち入ることは禁じられていた。

父からその話は幾度となく聞かされており、街の図書館の民族誌にも静山神社の起源として書かれている。

　建立のきっかけは妖を封じるためだったそうだが、現代では妖に関係する伝承を信じる者はほとんどおらず、古い歴史を持つ地域に根づいた神社として、様々な祭事を執り行い、地元の人々を守り、そして人々に支えられて今日まで存続してきた。

　静山神社は地域になくてはならない場所であり、参拝に訪れる人に跡取り息子として温かく見守られて育った凜は、いつしか自然と父や先祖と同じ道を歩むことを希望するようになった。

　来年高校を卒業した後は神職を目指し、大学で神道を学びたいと思っている。

「父さん、高校を卒業したら神社の仕事を手伝わせてくれるって約束、覚えてるよね？」

「覚えているさ。……だが、凜、もし他にやりたいことがあるなら、無理して神社を継がなくてもいいんだからな？」

　父は複雑な表情を浮かべる。

　凜がその理由を知ったのは、今から三年ほど前のこと。高校受験を考え始めた中学三年生の時だ。

　神社の手伝いをする時間を作りたくて、現在通っている家から一番近い高校を第一希望にした時に、父と母から自身の出自について聞かされた。

　仲睦《むつ》まじい両親だが、ずっと子供に恵まれなかったそうだ。そんなある日の早朝、赤ん坊の泣き声が聞こえて境内を探すと、神門のところに乳児が置き去りにされていた。

　しばらく親が迎えにこないか待ってみたが、結局引き取り手が現れることはなく、両親はその乳児を養子に迎えることに決め、『凜』という名をつけて育てることにした。

　凜はこの話を聞いた時に初めて自分が両親の実子でないことを知った。

　当然、すぐには信じられなかったが、戸籍を見せられ、そこに『養子』と記載されているのを自分の目で確かめ、ようやく事実を認めることが出来た。

これまで両親との血の繋《つな》がりを疑ったことはない。だから養子だと聞かされて大きなショックを受けた。

けれど、落ち着いて考えれば、これまで養子だなんて一度も考えたことがないほど、両親は愛情を注いで育ててくれていたのだ。

そして、両親が高校受験を機に出自について話してくれたのも、凜が神社を継がないという道を選択出来るように、という理由だったと聞き、もう血の繋がりについて気にしないことにした。

その上で凜が決めたのは、静山神社を継ぐという道。

宮司を務める父を尊敬し、地域住民に愛されている静山神社を守っていきたい。

それを改めて両親に伝え、凜は今の高校への進学を決めた。

けれど、両親はやはり凜には自由に将来を選んでほしいようで、他にやりたいことが出来た時に気兼ねなく進路を変更出来るようにと、高校生の間は神社の手伝いはせずに学生生活を優先することを約束させられた。

育ててもらった恩を感じて無理して神社を継ごうとしているのでは、と気にしている父に向かって凜は嘘《うそ》偽りのない気持ちを告げる。

「この神社が好きなんだ。……僕が父さんの跡を継いでもいい？」

父は優しい笑みを浮かべ、「もちろんだ」と頷《うなず》く。

「私の代でおしまいかと思っていたから、息子のお前が継いでくれるなら嬉しい」

父の柔らかい笑みを見て、ホッとする。

蒔田家と血縁関係にない自分が継いでいいのかとずっと心配していたのだ。

――父さんのような、立派な宮司になりたい。

静山神社を支えてくれている人々のために。

そして、血の繋がらない息子が跡を継ぐことを許してくれた父を後悔させないためにも。

この神社を存続させるために、自分も力になりたいと思った。

「二人共、何してるの？」

境内で話し込んでいると、自宅に通じる奥の小道から母が出てきた。

「凜、汗だくじゃない。少し早いけどお風呂に入ったら？」

「うん。あ、父さんが先に入る？」

「まだやることがあるから、私は後でいい」

父はそう言うと車に戻り、ご祈禱で使った祭具を祈禱殿へ運んでいく。

秋を感じさせる緑色の生地に金茶色の文様が入った狩衣に深緑色の袴《はかま》を着ている父が、いつもより大きく見える。

凜はずっと、この父のピンと伸びた背中を見て育った。宮司として神に仕える父は、幼い頃から凜の憧れだ。

「凜、お湯を張ってくるから、少し待っててね」

「ありがとう、母さん」

五十代半ばの父と同い年の母も、働き者で昔から変わらず優しい。

神社の宮司という職業は珍しいけれど、自宅ではごく普通の父と母だった。

伊織を抱き上げ、凜も母に続いて自宅へ向かう。

境内に敷かれた玉砂利が一歩踏み出すたびに足下でジャリ、と音を立てる。この沈み込むような感触が楽しくて、小さい頃はよく目的もなく境内を歩き回っていた。

自宅の玄関扉を後ろ手で閉めながら、凜は伊織を風呂に誘ってみる。

「伊織も一緒に入る？」

「馬鹿《ばか》を言え。私は水が苦手だ。私を消すつもりか？」

伊織は言葉をしゃべること以外は普通の猫と同じだ。濡《ぬ》れることが嫌いで、時折狩りもする。

なぜか家で出される食事には口をつけないが、飲まず食わずでいられるわけはないから、狩りをして食料を調達しているのだろう。

凜は伊織の言葉がおもしろくて、小さく噴き出してしまう。

「消すって、大げさじゃない？」

「大げさではない」

「そう？」

「ああ」

伊織と話しながら玄関で靴を脱いでいると、母が呼びに来てくれた。

「凜、お湯たまったわよ。……あら、また伊織と話してるの？」

「うん。一緒にお風呂に入ろうって誘ったけど、喉のゴロゴロが止まったから嫌なのかも」

「そうかもね。猫は濡れるのが苦手だから」

母は身を屈《かが》め、「伊織は賢いから、私たちの言葉がわかるのよね」と言って伊織の小さな頭を撫でる。

撫で方が上手《うま》いようで、伊織は「もっと撫でろ」と言葉で要求するが、母はすぐに手を引いてしまう。

伊織は不満そうに再度「撫でろと言ってるだろう」と言ったが、母にその声は届いていない。

母には伊織が話しても猫の鳴き声にしか聞こえないようだ。それは父も同じで、親戚や友人にも伊織と話せる人はいない。

自分以外に伊織の声が聞こえていないということを子供の頃は知らなかったが、「なんで伊織の言葉を無視するの？」と尋ねるたび両親が困惑した顔をするのに気づいてからは、口にするのを止めた。

一緒に生活しているのだから、凜がたびたび伊織に話しかけているところを見られているが、両親には一方的に話しかけて飼い猫とコミュニケーションを取っているだけだと思われている。

でも時々、怪しまれない程度に伊織の言葉を代弁している。

「……母さん、伊織がもっと撫でてほしそうにしてるよ。撫でてあげて？」

「そう？」

母が再度撫でると伊織はうっとりと目を細め、身を委ねた。

その姿を見て、母も優しく眦《まなじり》を下げながら呟《つぶや》く。

「凜は伊織の気持ちがよくわかるのよね。凜が赤ちゃんの時から一緒にいるから、何か特別な絆《きずな》で結ばれてるのかしら」

伊織は神社の神門前に捨てられていた凜にずっと寄り添っていたそうだ。

どうやっても傍《そば》を離れず、両親も猫好きだったので凜と共に伊織もこの神社に引き取ったのだと、以前聞かされたことがある。

——だからなのかな？

伊織の言葉がわかるのは。

厳密には伊織と話せる人が他にいないから、本当に自分が伊織と会話しているのか、時々不安になる。自分が勝手に思い込んでいるだけなのかと疑ってしまう。

——それに、あの影も……。

いつからか黒い影が見えるようになった。

それが何か伊織に聞くと、「妖だ」と教えられた。

この地域の子供たちは、幼い頃から妖のことを昔話として聞かされて育っている。

美しい姫がさらわれてしまった話、うっかり妖たちの住処《すみか》に足を踏み入れて襲われた話など、いずれも子供が悪さをしないように、一人で外を出歩かないように、といった戒めの目的で大人たちは妖の話を子供に聞かせている。

そうしたことから、凛も妖を怖いと思っていた。

だからたびたび山中で目にする影が妖だと伊織に教えられた時はひどくショックで、見かけるたび両親に「妖がいる」と泣きながら訴えた。

しかし、凛がいくら黒い影を指さして妖の存在を訴えても両親には見えないようで、「ここにはいないよ」と宥《なだ》められるだけだった。

その時の両親が、伊織の声が聞こえると伝えた時と同じ、困った顔をしていることに気づいてからは、妖の影を見ても何を言わないようにした。

伊織の声と同様に、妖の影は自分にしか見えていない。

本当に黒い影が空想上の存在とされる妖なのかどうかはわからない。それでも、赤ん坊の頃から一緒にいる伊織が言うのだから、疑う気持ちはわいてこなかった。

それに、もしかしたら大半は勘違いの可能性もある。

妖を恐れるあまり、木々の影などを妖と間違えている場合もあるかもしれない。

それでも凛は影を見かけても近づくことはせず、目を逸《そ》らしてその場から離れるようにしている。

伊織と会話が出来ること、妖の影が見えること、その二つは両親に相談出来ない。打ち明けたらきちんと話は聞いてくれるだろうが、きっととても心配させてしまう。幼い頃ならまだしも、高校生にもなってそんなことを言うなんて……、と。

両親を心配させたり困らせたりしたくない。

それに、伊織と会話出来るのは便利だし、妖も影を見るだけで襲われたことはないから近寄らなければいいだけだ。

「さてと、私はお夕飯の準備するわね。凛はお風呂に入ってきて。お湯が冷めちゃうわ」

母は立ち上がると台所へと向かう。

その背を見送ってから、凜は脱衣所へ行った。

伊織は廊下で寝そべり、凜の風呂が終わるまでそこで横になって待つつもりのようだ。

脱衣籠の中には洗濯した部屋着が用意されていた。

「もう高校生なんだから、ここまで気を利かせなくていいのに」

過保護ぎみの母の行動に苦笑しつつ、子供の頃から変わらぬ愛情を感じ心が温かくなる。

優しい両親。

凜は父母の息子としてこの家で育てられたことを、幸せだと感じていた。


「凜、ちょっとこっちに来てくれる？」

夕食後、自室で勉強していると母に呼ばれた。


居間の隣の和室へと入ると、衣紋掛《えもんか》けに絹であつらえた白色の斎服が掛けられていた。

「母さん、これは？」

「来月十八歳の誕生日でしょう？　その時に着る斎服が出来たから、着てみてくれる？」

蒔田家には代々、十八歳を成人とし、元服の儀式を行うしきたりがある。

父から聞いた話では、十八歳の誕生日の夜に正装して、普段は立ち入りが禁じられている妖が封じられたお社を詣でるらしい。

身内のみで執り行う儀式で難しいことはないらしいが、初めての祭事ということでどうしても緊張してしまう。

けれどこの元服の儀式を終えることで正式に蒔田家の息子になれるような気がして、凜は誕生日を心待ちにしていた。

「綺麗《きれい》な着物だね」

凛は布地をしげしげと見つめた後、さっそく母に手伝ってもらいながら真新しい斎服に袖を通し、袴を着る。頭には纓《えい》が長く伸びた黒色の冠《かんむり》を載せ、ついでにと浅沓《あさぐつ》も履かされて姿見の前に立たされた。

服装と冠以外は変わらないというのに、祭祀《さいし》の際に宮司が着用する斎服を身に着けたことで大人っぽくなったように感じる。

ぱっちりとした二重瞼《まぶた》の瞳も小さめの唇も子供っぽくてコンプレックスに感じていたが、斎服を着たことで気持ちが引き締まったからか、いつもよりキリリとして見えた。

「よく似合ってるわ」

鏡ごしに母と目が合う。

子供の頃は母を大きく感じたものだが、今は自分の方が五センチほど背が高い。

これまでは母や父を頼ってばかりだったけれど、大学でたくさん勉強して両親が大切にしている静山神社を守っていきたいと改めて思った。

「あ、そうだったわ、笏《しゃく》も届いたの。持ってくるから待っててね」

母は急ぎ足で居間を出て行く。

扉が閉まった音がした直後、凛の他に誰もいない室内に、囁《ささや》き声のようなものが聞こえた。

「えっ?」

凛は反射的に振り返り、室内を確かめる。けれどやはり誰もいなかった。

空耳かと姿見に向き直ると、鏡に映っている居間の戸がゆっくりと開くのが見えた。

てっきり母かと思ったが、開いた戸の隙間《すきま》から黒い影が見え、全身に鳥肌が立つ。

――妖……!

それは音もなく居間へ入ってきて、少しずつ凛の方に移動してきた。

――なんで妖が家の中に?

これまで神社の周辺で見かけたことはあっても、境内までは入ってこなかった。

それなのになぜ神社の敷地内に建っている自宅に妖が立ち入ってきたのだろう。

そんなことを考えている間にも、妖の影は凜のいる和室へと着実に近づいてきていた。

脳裏に幼い頃から聞かされてきた妖についての物語が蘇《よみがえ》る。

この影に捕まったら何をされるかわからない。きっと無事ではすまない気がする。

――逃げないと……っ。

恐怖で強張《こわば》った身体《からだ》で、外へ出られる和室の窓を開け放った。

幸い浅沓を履いていたため、外でも歩ける。

凜は行き先を決めぬまま、とにかく妖から逃げようと窓の外へ駆け出した。

自宅の門を開け、境内に出る。

振り返ると、妖の影も窓から外へ出てくるのが見えた。

――僕を追って来てる!?

なぜ、どうして、という疑問が頭を駆けめぐる。

どこへ向かったらいいのかわからない。

とりあえず本堂へ逃げ込もうとしたが、本堂の前にも別の黒い影が立っていた。

境内のところどころに灯《とも》っている外灯の明かりを頼りに周囲を確かめると、他にもいくつもの影があちこちに立っていた。ざっと数えて二十ほどだろうか。

一度にこれほどの数の妖と遭遇したことはなく、一気に血の気が引いていく。

極度の緊張から、心臓がバクバクと脈打ち始め、額からはもちろん、手の平にも汗が滲み出してきた。

その時、凜の耳に伊織の声が届いた。

「凜、こっちだ!」

凜は伊織の声を頼りに全速力で境内を駆け抜ける。伊織が導いてくれたのは神社の裏手で、そこにはまだ妖は集まっていなかった。しかし、背後からは妖の群が追いかけてきている。

凜は伊織を抱き上げ、必死の形相で訴える。

「伊織、妖が……っ」

「わかっている。あやつら、お前が今夜十八になると嗅ぎつけたようだ」

「十八歳？　僕の誕生日は来月だよ？」

「それは蒔田の親が勝手に定めた誕生日だろう？　お前は今日十八になったのだ」

何が何やらわからない。

困惑するばかりだが、伊織と話している間にも、妖が迫ってきている。

「伊織、妖が来てるよっ」

「慌てるな。こちらへ来た時から、今日戻ると決まっていたのだから」

「何を言ってるの？　戻るって何？　決まってたってどういうこと？」

伊織はその質問に答えることなく、凜の腕の中から飛び下り、草木が生い茂る山道へ踏み入る。

「ついてこい」

「どこに行くの？」

「お前が行くべき場所だ」

途端、黒い影が一斉に動きを速めた。

どんどん距離が縮まっていることに気づき、凜は顔を引きつらせる。

「今ここで妖に捕まるわけにいかない。こい」

「う……、わっ!?」

頷きかけたその時、黒い影が手を伸ばし、凜の腕に触れてきた。

ひんやりと冷たい感触。

初めて妖に触れられたことに慄《おのの》いたが、次の瞬間、妖の声が一瞬だけ聞こえた。

『リン、わたしの話を聞いて』

初めて妖の声を聞いたこと、そして名前を呼ばれたことに、息が止まりそうになるほど驚いた。

妖は摑《つか》んだ指に力をこめ、何か言おうとしているのか、顔にあたる部分を動かす。

しかし声が発せられる前に、伊織が妖に向かって牙《きば》を剝《む》き威嚇した。

それに怯《ひる》んだ妖の手が離れた隙に、凜に向かって伊織が声を張り上げた。

「凜、走れ！」

我に返った凜は、伊織に言われるまま山中の道なき道を走り出す。

途中、後ろを振り返ると、境内の明かりを背にした妖たちが追いかけてくるのが見えた。

「凜、後ろを振り向くな」

「う、うん」

無数の妖に追われつつ、伊織に道案内されながら月明かりも差さない山の中を走る。

木の根に躓《つまず》いて転んだり、枝に衣の袖が引っ掛かって破れたりしながらも、妖から逃げるために必死で足を動かす。

「凜、止まれっ！」

「え？　……わぁっ！」

伊織の制止の声が届いたと同時に、地面が急になくなった。バランスを崩し、そのまま引き寄せられるように倒れ込む。

ザバン、と水音が響き、冷たい水に頭まで浸《つ》かってしまった。

――水!?

どうやら池に落ちてしまったらしい。

深い池のようで、水底がどこだかわからないほど、下方は暗かった。

――こんな深い池がこんなところにあったの？

今まで妖を警戒して道から外れた場所に足を踏み

入れたことがなかったから知らなかった。

——早く水面に出ないと……っ。

手足を動かすが、水を吸って重くなった着物がまとわりつき、思うように浮上出来なかった。

水中でもがいていると、小さな固まりが池に飛び込んできた。その黒い毛玉は犬掻《か》きをしながらこちらへ泳いでくる。

——伊織……！

溺《おぼ》れている凜を心配して助けにきてくれたのだろうか。

水嫌いなのに自分のために果敢にも池へ飛び込んでくれたことは嬉しいが、猫が人間を救助するのは難しい。

凜は傍までやってきた伊織を懐へ入れ、大きく水を掻く。

次第に水面が近づいてきて、指先がほんのわずか空気に触れたと思った直後、水底から竜巻のような水流が立ち上ってきた。

逃れる術《すべ》もなく、凜は水流に絡め取られどんどん水底へ引き込まれていく。

——まずい……、息が続かない……っ。

力の限り強く水を掻いて抵抗したが、水面は徐々に遠ざかっていってしまう。

——もう、駄目……っ。

凜は息苦しさから無意識に口を開けてしまった。口の中には空気ではなく水が入り込み、さらなる苦しみが凜を襲う。

しばらくすると、その苦しみがフッと消えた。

朦朧《もうろう》とする意識の中、凜は無自覚に着物の上から伊織を強く抱きしめ、水底へと沈んでいった。


——ん……、何……？

身体を大きく揺さぶられ、凛は瞼を押し上げた。

「空……？」

まず最初に飛び込んできたのは一面の青空。

遠くで小鳥の囀《さえず》りも聞こえる。

指先を動かすと、細かい砂利の感触がした。

「……外？」

どうやら屋外で仰向《あおむ》けの体勢で寝ていたらしい。

いったいなぜこんなところで寝てしまったのだろう。

記憶をたどっていると、顔の上に影が落ちた。続いて二十歳《はたち》前後の青年が覗《のぞ》き込んでくる。

「目が覚めたか？」

優しい声で問いかけられ、彼が誰だかわからないままとりあえず頷いた。

「よかった、無事に呼び戻せた」

青年はホッと嘆息する。

状況が飲み込めず困惑する凛の手を引っ張り、青年が助け起こしてくれた。

そこで自身の着ている装束がずぶ濡れになっていることに気づく。

——そうだ、僕、池に落ちて……。

「溺れている僕をあなたが助けてくれたんですか？」

「いや、違う。私たちはお前を呼び戻したのだ」

青年は先ほどと同じ言葉を繰り返した。

「呼び戻したって、どういう……」

「光弦《こうげん》、よくぞ戻った」

青年の背後から声が聞こえた。

こちらに近づいてきたのは、山吹色の狩衣を着た、口の周りと顎に髭《ひげ》を蓄えた年配の男性だった。

青年はその男性に場所を開けるために退《しりぞ》き、片膝をついて頭を下げる。

年配の男性は凛の無事を確かめるように全身に視線を走らせた後、おもむろに手を握ってきた。

「そなたの帰りを待ちわびていた。無事で何より」

「あ、あの……？」

親し気に声をかけられても困ってしまう。

この男性も先ほどの青年もこちらのことを知っているようだが、凛は全く二人の顔に見覚えがなかったのだ。

しかし、二人の服装が狩衣であることから、父親と同業の人たちかとあたりをつける。もしかしたらいつかの祭祀で会ったことがあるのかもしれないが、これまで神社の仕事に携わってこなかった凛には、この二人がどこの神社の宮司か見当がつかない。

――どなたですかって聞くのは失礼だよね……。

どうしようか考えながら周囲に視線を送ると、五人の男性が遠巻きに見つめているのが目に入った。いずれも色は違えど狩衣姿だ。

足元には真っ白な砂利が敷き詰められていて、この雰囲気はまるで何かの儀式のようだった。

凛が困惑を深めていると、男性の中の一人が前へ進み出てきた。

「札の修復が終わりました」

「おお、そうか」

年配の男性は一枚の紙片を受け取り、それを凛に差し出した。

「な、なんですか？」

「水に濡れて消えかけていた文字を書き直した。これで再び呼び出せるだろう」

「呼ぶ？　何をです？」

わけがわからずに質問を繰り返すと、徐々に男性の顔つきが険しくなっていく。なかなか話が通じないことに苛立《いらだ》ってきているようだった。

「そなたの式《しき》を出現させるのだ。式の無事を確認したい」

「式？　式って……」

なんですか、と問う前に、手の平に長方形の古びた紙片を置かれた。

反射的に握り込んだ瞬間、紙片が眩《まばゆ》い光を放ち形を変えていく。

「えっ？　な、何!?」

びっくりして握った手を振ると、地面に黒い毛玉が転がった。

その毛玉はブルブルと身体を震わせ伸びをした後、恨みがましい瞳でこちらを見る。

「雑に扱うな」

「……い、伊織!?」

——何が起きたの!?

紙片が変化し、愛猫である伊織が現れた。

この目で見たというのに信じられなくて、凜はポカンと口を開け目を瞬《またた》かせる。

伊織は自身の身体を確認した後、舌で毛づくろいをしながら年配の男性に目線を送った。

「お前が新たな頭《かしら》か。こちらへ戻る道が水とは……私を消すつもりか」

「めっそうもない。あなた様は水に強い紙で作られている。あの程度では消えることはないと踏んでの術でございます」

「物は言いようだな。お前の力では水を媒介することでしか道を開けなかっただけだろう？　先の頭は祝詞《のりと》を唱えただけで道を開けたというのに」

男性は無言で顔を伏せる。

伊織の発言の意味はよくわからなかったが、失礼なことを言ったのはなんとなく伝わってきた。

「伊織、初めて会った人に失礼なことを言っちゃ駄……」

凜は伊織を窘《たしな》めようとして、ハッとする。

——この人、今伊織と話してた……？

これまで自分以外に伊織と話せる人に会ったことはない。

それにこの場にいる人々は誰一人として伊織と言葉を交わす男性を見ても顔色を変えていなかった。

「伊織の……、猫の言葉がわかるんですか？」

驚いて質問すると、男性が怪訝《けげん》な顔で答えた。

「猫の姿をしているが式神だろう。術者なら式と言葉を交わせるではないか」

——術者？　式神？

なんのことかよくわからず、凜は困り顔になる。

そんな様子を見て、周囲の人々がざわめき出した。

「先ほどからおかしいと思っていたが、そなた、何も知らぬのか？」

「何もって、なんですか？」

「そなたの使命についてだ」

「使命……？」

凜が首を傾《かし》げると、男性がため息をつき肩を落とした。

「なんということだ……。縁者の元へ送ったというのに、なんの修練も積んでいないのか？　式からも使命について聞いていないと？」

その言葉に伊織が反応する。

「あの地へ送ると決めたのは先代だろう。それに私は凜に術者の使命を教えろと命じられていない」

「しかし、それではこれから一から術を学ばせなくてはいけないということでありましょう？　一日も早く我らの役目を果たさねばならぬというのに……」

男性が嘆くように呟いたところで、最初に凜の顔を覗き込んできた青年が話に入ってきた。

「ご安心を。私が指南いたします。黒猫の式神に選ばれし者であるのですから、素質は十分にあります。すぐに術を身につけるでしょう」

年配の男性はしばし考えた後、頷いた。

「わかった。光弦も兄であるそなたから教えを受けた方が気兼ねしないだろう。弦空《げんくう》、頼むぞ」

「はっ、お任せください」

「私たちは集会所へ戻る。そなたたちは自身の館で休むといい」

話がまとまると年配の男性は他の人々を引き連れ立ち去った。

弦空と呼ばれた青年は彼らに一礼してから凜に向き直る。

「光弦、これから私の館へ案内する。今日はゆっくり休むといい」

そのまま先に立って歩き出したので、凜は慌てて事情の説明を求める。

「待ってくださいっ。あの、何がなんだか……」

弦空が振り向き、凜の瞳をじっと見つめてくる。その顔は少し寂しそうに見えた。

「私のことがわからないのか？」

凜が首を左右に振ると、弦空はフッとため息をつき、苦笑した。

「無理もない。お前がまだ乳飲み子だった時に別れたのだからな。……私の名は弦空。お前と四つ違いの兄だ」

「兄!?」

「ああ、同じ両親から生まれた血を分けた兄弟だ。術者としてだけでなく、兄として弟に再び会えたことを嬉しく思っている」

弦空の瞳が柔らかく緩む。

——この人が、僕のお兄さん……？

蒔田の両親とは血の繋がりがないことは知っている。

実の両親のことは、何か事情があって自分を育てられなくなって置き去りにしたのだろうと思っていたし、これまで自分を育ててくれた蒔田の両親を大切にしようと、どこかにいるであろう血縁者のことは考えないようにしてきた。

それなのに、こんな形で急に兄と名乗る人物が現れても、すぐに受け入れることは出来ない。

「……本当に僕のお兄さんなんですか？」

「ああ、そうだ」

「なら……僕の血の繋がった両親も、あなたと一緒に暮らしているんですか？」

「………」

実の両親の所在を問うと、なぜか弦空はそっと瞳を伏せた。

――どうして、答えてくれないの……？

難しい質問ではないだろうに、急に口を閉ざした弦空に不信感を抱いてしまう。

今し方会ったばかりの人の言うことを全て信用していいのだろうか。

何か目的があって兄と偽り自分を騙《だま》そうとしているのでは……。

凛が警戒した顔をすると、押し黙った弦空に代わり伊織が答えた。

「その男の顔には見覚えがある。最後に会ったのは童子の時だが、この男は確かにお前の兄だ」

伊織はそう言った後、首をめぐらし、鼻をひくつかせた。

「ここはあまり変わっていないな。空気が澄んでいる」

「そういえば、ここはどこなの？　山の中を走っていたはずなのに……」

「お前が育った時代よりもはるかに過去の時代だ」

場所を尋ねたのに、伊織の口からは予想外の答えが返ってきた。

「過去って、どういうこと？　それに、さっきは紙が伊織に変化したように思えたよ？　式神がどうとか言ってたけど、わけがわからないよ」

伊織の言葉で目が覚めてからの不可思議な出来事を一気に思い出し、混乱と不安が溢《あふ》れてきた。

動揺して伊織に矢継ぎ早に質問をぶつける凛を落ち着かせるように、弦空が肩に手を置いてきた。

「何も知らなかったのだから混乱して当然だ。一つずつ私が説明する。だがまずはゆっくり話が出来るところへ移動しよう」

弦空が気遣ってくれていることが穏やかな口調から伝わってくる。

少なくとも彼が危害を加えることはないとわかった。それに伊織が言うのだから、実感はないけれど彼が血の繋がった兄だというのも事実なのだろう。

凜は深呼吸を一つして気持ちを落ち着け、伊織を抱き上げると弦空の後を追う。

周囲には腰くらいの背丈の草が生い茂る草原が広がっており、凜たちがいた辺りだけ草を刈り取り白い砂利が敷かれていた。すぐ近くには小川も流れているようで、せせらぎが聞こえてくる。

弦空の案内で草を掻き分け進んでいくと、数本の木が生えたところに出た。木立の前には牛車《ぎっしゃ》が停まっている。

牛車は以前、父に連れられて行ったある神社の祭祀で見たことがある。その時に使われていた車よりも飾りは少ないが、造りはしっかりしていた。

牛車の横には質素な身なりの小柄な男性が立っており、弦空に気がつくと身を低くして出迎えてくれる。男性は弦空が牛車の裏に回ると黒塗りの踏み台を足元に置いた。

まずは弦空が乗り込み、凜にも乗るよう促してくる。

けれど凜は装束が水で湿っているため、躊躇《ためら》ってしまう。

「どうした？」

「僕は歩いて行きます。汚してしまいそうなので……」

「ここから館まで距離がある。歩いて行くのは大変だろう。後で下男に片づけさせるから気にせず乗ればいい」

下男とは踏み台の横に立つこの男性のことだろうか。彼の仕事を増やしてしまうことが申し訳なくてなかなか乗り込めずにいると、抱えていた伊織が頭を持ち上げ進言してきた。

「凜、ここはお前が育った時代とは違う。それぞれの身分を重んじている。今お前がすべきことは、牛車に乗ることだ。そうでないと館へ戻れず、弦空にもその下男にも迷惑をかけることになる」

凜は息を飲んだ。

——やっぱり、ここは伊織の言う通り、僕が暮らしていた時代よりもずっと昔なんだ……。

伊織は先ほどここははるか昔の時代だと言った。にわかには信じがたいが、周辺の景色、移動に牛車を使うことや人々の服装、身分階級が存在していることから、ここは自分がいた時代とは違うのだと受け入れざるを得ない。

凜はそれでもまだ夢かもしれないという希望を捨てきれず、こっそり頬を抓《つね》ってみた。確かな痛みを覚え、これで夢という可能性も消えてしまった。

愕然《がくぜん》として足が震えてしまいそうになったが、伊織の言葉を思い出し、今は目の前の事柄にだけ目を向けることにする。

自分が乗らないと牛車が出発出来ない。皆を待たせてしまっている。

凜はおずおずと踏み台に足をかけ牛車に乗り込んだ。

中は意外と広く、四人ほど乗れそうなスペースがあった。

弦空は進行方向を向いて右側に座っており、どこに座ればいいのか迷っていると、隣に座るように言われた。

凜が腰を下ろすと伊織が腕の中から飛び下りて、伸びをして身体を解《ほぐ》す。

「弦空、聞いていたか？　こやつにはまずこの時代の常識から教え込まないといけないぞ。何せここよりもずっと先の世で育ったのだからな」

「そのようですね。ずいぶんここの習慣とはかけ離れた生活をしていたようだ」

弦空が返したところで、牛車がゆっくりと動き出した。前方の御簾《みす》が上がっているので景色がよく見える。

人の手が加えられていないのどかな風景を眺めていると、ふと東の方向に見慣れた山が見えた。

「あれ？　あの山って、静山ですか？」

「そうだ。知っているのか？」

「ええ。僕、あの山で暮らしていたんです」

この時代にも静山が存在していた。位置だけで考えれば生まれ育った地にいるのだ。

全く馴染《なじ》みのない過去に飛ばされてしまったと思い心細く感じていた凜は、それだけで嬉しくなる。

凜は声を弾ませたが、弦空の表情が曇っていく。

「あの山で暮らしていたのか？」

「は、はい。そうですけど……？」

険しい顔と低い声音で質問され困惑してしまう。

弦空は静山を一瞥《いちべつ》した後、凜ではなく伊織に質問した。

「黒猫の式よ、あなたたちは静山で暮らしていたのですか？」

「飛ばされた先が静山にある神社で、凜はそこの宮司夫妻に育てられた」

「静山に神社が？　いったいどういうことだ」

弦空は難しい顔で考え込んでいる。

ただならぬ空気を感じ、凜は伊織に目線で説明を求める。けれど伊織はそしらぬ顔で毛づくろいを始めた。

しばしの沈黙の後、弦空が重々しく口を開いた。

「……静山で暮らしている時、妖を見なかったか？」

「妖……」

凜の脳裏に、黒い靄のような影が思い出される。あれらは妖だと伊織に言われていた。

凛が頷くと、弦空の顔つきがますます険しくなる。

「先の世でも、妖はまだ存在しているのか……」

「弦空さんも妖が見えるんですか？」

「もちろんだ。術者なら誰しも妖の姿が見える。先ほどの術者たちも皆妖を見ることが出来る」

神職に就いている父でさえ、妖の姿が見えなかった。

それなのに自分以外にも伊織と話せ、妖が見える人間がこんなにも存在していることに驚く。

「元の時代じゃあ、僕にしか妖が見えなかったんです。伊織と話せるのも僕だけで……。だから、全部僕の思い込みなんじゃないかって、思う時がありました」

「修行を積めばある程度力を高めることは出来る。けれど、元々持って生まれた力には大小があるんだ。修行を積まずとも力に恵まれた者は、妖を見ることが出来る。特にお前はその中でも特別な力を持って生まれてきた」

「特別な力？　それってどんな力なんですか？」

弦空が凛を見据え、答えを口にする。

「鬼を討つ力だ」

「鬼……？」

鬼というのは、昔話に登場するあの鬼のことだろうか。

物語に出てくる鬼は、身体が大きく恐ろしい容姿をしていて、人間に悪さをしていた。そして最後は決まって人間に打ち負かされる。

鬼に対してはその程度のイメージしか持っていない。

凛が怪訝な顔をすると、弦空が静山を示した。

「鬼は数多《あまた》の妖どもの統領だ。あの静山を根城としている」

弦空は正面を向き、続けた。

「今向かっている里は、帝《みかど》の命にて妖を退治するために召集された術者たちの集落。妖を一匹残らず討つことが我らの悲願。そのためには鬼を封じる力を持つ黒猫の式神を使役するお前が必要なのだ」

——妖を……、鬼を、討つ……？

そのために、自分が必要？

急にそのような話をされて、再び困惑してしまう。

「僕の力って……。それにどう伊織が関係しているんですか？」

「先ほどお前もその目で見ただろう？　札が黒猫に変化するところを。あの札がこの黒猫の本来の姿だ」

「……あれはやっぱり見間違えじゃなかったんですね」

「そうだぞ。手品でもないからな」

伊織が会話に入ってきた。

「黒猫の式よ、テジナとはなんですか？」

この時代では使われていない単語だったようで、弦空が不思議そうな顔をしている。

伊織はこの時代で使われている言葉に言い換えた。

「奇術のことだ」

「奇術などと同じに扱わないでほしいですね。式神は確かに存在しているのですから。それに妖や鬼も」

弦空はやや不快そうな顔をしながらも、より詳しく説明してくれた。

「我ら術者は各々式神を従えている。式神は様々な特性を持っているが、その中でもこの黒猫の式神は特別なのだ。最古の式であり、唯一鬼を討つことの出来る式。これまでも何匹もの鬼を討ち取っている」

弦空は真面目な顔をしており、冗談や嘘を言っているようには見えなかった。

「伊織が、特別な式神……」

この時代には妖や鬼、対抗する存在として式神と術者も存在している。

そしてこれまでずっと一緒に生活してきた愛猫の伊織が、鬼を倒せる唯一の式神だという。

凛はまじまじと伊織を観察する。

どこからどう見ても猫そのもので、紙で出来ているようには見えない。

長いつき合いだから凛の考えていることを察したようで、伊織が自身のことを打ち明けてきた。

「凛、よく聞け。お前は私が猫だから風呂を嫌がると思っていたようだが、札に書かれた文字が消えたり紙が溶けてしまうと、私も消滅してしまうんだ」

そういえば、伊織は極端に水を避けていた。それは伊織が紙で出来ていたからだったのか。

「言ってくれればよかったのに」

「言って信じたか？　冗談だと取られるだろうと思ったから、言わなかったんだ」

確かにその通りだ。

いきなり伊織に「私は紙で出来ている」と言われても信じなかっただろう。

「……ごめん。お風呂に入ったら消えちゃうっていうのは、冗談じゃなかったんだね」

「かまわん。お前は私を猫だと思っていたのだからな。これから気をつけてくれればいい」

そこでふと、この時代に来る前に池に落ちたことを思い出した。

落ちた凛を助けるために伊織も池に潜ってくれた。凛がずぶ濡れになったのだから、伊織も思い切り濡れてしまったはずだ。

「池に飛び込んできたよね？　水に濡れたんじゃない？」

「濡れたが、たどり着いてすぐに術者たちの手によって処置を施されたから消えずにすんだ。……どうやら当代の術者頭は水を通してしか我らを呼び戻せなかったようだ。お前たちの父親ほどの力を持っていないのだろう」

「……父親？」

「そうだ。十八年前に術を使い、お前を安全な地に逃がしたのは凜の父親だ。当時の術者頭だった」

『父親』の話を持ち出され、心臓がドキリとした。

初めて聞く実の父親の話。

これまで育ての親である蒔田の両親に気が引けてあまり考えないようにしてきたが、心の奥ではやはり気になっていた。

——でも、弦空さんは……。

先ほど兄である弦空に両親のことを尋ねたら、なぜか口を噤《つぐ》んでしまった。

凜は横目で弦空の顔色を窺《うかが》う。

視線に気づいたようで、弦空が懐かしむような瞳を向けてきた。

「……私は父にそっくりだとよく言われたが、お前は母に面立ちが似ているな。同じ親から生まれた兄弟なのに、不思議なものだ」

弦空は柔らかく目を細め、凜の髪をそっと撫でてきた。

「お前が生まれた時、私は四つだった。兄や姉がいなかった私は、弟妹が生まれてくるのをとても心待ちにしていたんだ。生まれてからは母に抱かれて眠るお前の髪を、よくこうして撫でていた。早く大きくなって共に遊べるようにと、願いを込めながら」

会ったばかりの兄。

四歳だった弦空は兄弟の思い出を覚えているようだが、凜には当時の記憶はない。こうして親しげに接されても、どういう反応をしたらいいのかわからなかった。

けれど家族の思い出話を優しく微笑《ほほえ》みながら語る弦空を見て、今なら話してくれそうな気がして、凜はもう一度両親のことを尋ねてみた。

「これから行く館に、両親もいるんですか？」

再び弦空の表情が曇る。けれど今度は、視線を外しながらも小声で話してくれた。

「……いや、館で暮らしているのは、私と、今牛車を引いている延正《のぶまさ》と、家の中の仕事を任せている千代女《ちよめ》だけだ。母はお前が生まれて間もなく病で亡くなり、父も妖との戦で負った傷が元で亡くなった」

「えっ？」

すでに二人とも亡くなっているだなんて思いもよらなかった。

それも父親に至っては、妖との戦で負った傷が元で……。

――妖って、そんなに危険なんだ……。

人の命を奪う者たち。それが妖。

これまで伊織に妖には近づくなと言われて危ない存在だと思っていたが、実際に妖によって命を落とした人がいることを聞き、危機感を強く抱く。

――もう、実の両親には会えないのか……。

妖の危険性に慄きながらも、血の繋がった両親に会いたいと思った矢先にもう永遠に会うことが叶《かな》わないと知り、悲しみがこみ上げてくる。

両親の記憶がない凜ですら寂しさを感じるのだから、幼くして親を亡くした弦空はどれほど悲しく辛《つら》かっただろうか。

弦空の胸中を思い、かける言葉を探していると、彼が続けた。

「両親の死後、幼い私は父の仕事仲間の術者たちに助けられてきた。ありがたいことだと感謝しているが、やはり家族が恋しくてたまらなかった。だからずっとお前が呼び戻される今日という日を、待ち望んでいたんだ」

凜はハッとして、微笑む弦空の顔をまじまじ見てしまう。

この眼差《まなざ》しには覚えがある。

けれどそれは、まだこの時代にいた頃の赤ん坊の記憶ではなく、もっと最近の、当たり前のように向けられていた笑みだった。

――父さんと母さんと同じだ……。

凜を拾い育ててくれた蒔田の両親。

大切に慈しんで育ててくれたから、父から聞かされるまで自分が養子だとは微塵《みじん》も疑っていなかった。

そして凜は、実の親子と変わらぬ愛情を与えてくれた両親と同じ温かさを、弦空からも感じた。

——この人は僕のお兄さんだ……。

血の繋がりがあると言われても、どこかしっくりきていなかった。

顔立ちが似ていないというのもあるだろうが、いきなり兄弟だと言われても、感情の面で受け止めきれていなかった。

しかし今、蒔田の両親と同じ瞳で見つめられ、この人は本当に兄なのだと実感した。

「呼び戻すのはお前が元服を迎えた時だと決められていたから当たり前だが、記憶の中では乳飲み子だった弟がこんなに大きくなっていて驚いた。もう共に毬《まり》で遊ぶような年齢ではなくなってしまったが、これからはまた一緒に暮らせる」

「すみません、僕、何も覚えてなくて……」

蒔田の両親に十分な愛情を注がれ、何不自由なく幸せに育ってきた凜は、申し訳ない気持ちになる。

兄がいることすら知らなかった。弦空はずっと凜のことを思ってくれていたというのに……。

「仕方ない。別れた時、お前は赤子だったのだから。こうして立派に成長して戻ってきてくれただけで十分だ」

「弦空さん……」

その優しさに胸を打たれていると、彼が唐突に苦笑した。

「出来たら私のことは名前ではなく、兄と呼んでほしいな」

「あっ……」

確かに、兄を『弦空さん』と呼ぶのはずいぶん他人行儀だ。

「なんて呼べばいいですか？」

「そうだな、『兄上』とか」

そう提案されたが、凜の育った時代で兄をそんな風に呼んでいる人はおらず、時代劇のような呼び方に照れが入ってしまった。

「あの、『兄さん』でもいいですか？　こっちの方が僕は呼びやすいので」

「『兄さん』か……。館の中でならかまわないが、外では『兄上』と呼んでくれないか」

「どうしてですか？」

「『兄さん』は、庶民が使う呼称だからな。身分ある家の者が使うには砕けすぎている」

ここは身分階級が厳密なようだ。

「私は名前で呼ぼう。黒猫の式に『凜』と呼ばれていたが、あちらではそう呼ばれていたのか？」

「そうです。蒔田凜っていう名前です」

「蒔田凜？　蒔田凜が正式な名で、凜は愛称か？」

「いえ、蒔田が苗字《みょうじ》なんです」

弦空が小首を傾げる。

風景や弦空の服装、牛車などを使用していることから、平安時代頃だろうという印象を受けていたが、まだ苗字を使う風習がないようだ。

それに静山神社が十年前に建立千二百年を迎えていることと併せて考えると、この時代はそれよりも以前にあたる。おそらく平安時代初期頃だろう。

「僕の時代では、名前の他に一族を表す苗字というものをつけるんです。蒔田というのは、僕を育ててくれた人の苗字です」

「なるほど。商家で言うところの屋号のようなものか。名を聞いただけでどの一族の者かわかるのか。自身の一族に誇りを持っているのだな」

弦空は感心しているが、おそらく凜の育った時代では苗字があることが当たり前になりすぎていて、そこまで深く考えて名乗っている人はほとんどいない。

けれど弦空の言ったことが苗字が出来た由縁のような気がして、否定しないでおいた。

「あの、さっき僕のことをコウゲンって呼んでいましたよね？　もしかしてそれがここでの僕の名前ですか？」

「そうだ。『光る』に『弦』という字で、光弦と読む。生まれたお前を見て、父が名づけたのだ。苗字というものはないが、親の字を受け継ぐ風習があって、それが『弦』の字だ。祖先が弓を用いて妖と戦ったことから、この字を使うようになったと聞いている」

「光弦……」

先祖からの想いを受け継いだ立派な名前だが、聞き慣れないからか、自分には不釣り合いに感じてしまう。

「どうだ？　いい名だろう」

「ええ、とても。……けど、僕には立派すぎるような……」

名前に強い思い入れを持っているようなので気分を害するかと思ったが、意外にも弦空は鷹揚《おうよう》に笑んだだけだった。

「十八年間呼ばれなかった名だ。馴染みがなくとも仕方ない。私が何度も呼べばすぐ慣れるだろう」

弦空がそこで外に目を向ける。

田畑の中に作られた道が終わり、木で作られた橋に差し掛かった。

「着いたようだ。この橋を渡り、門をくぐったところに我ら術者の里がある」

木の板で作った高い塀に囲まれた里。そしてその周りにはさらに水を張った堀が作られており、里に出入りするには、東西南北に一つずつある橋を渡る必要があるそうだ。

橋も木で作られているが、牛車も出入りするため、頑丈な造りになっていた。凛たちの乗った牛車が渡る際に時々ギシギシと音を立てたものの、揺れるようなことはなく、無事に橋を渡り終える。

橋の先には観音開きの扉つきの門があり、腰に刀を差した狩衣姿の門番が立っていた。

門番は牛車に乗っているのが弦空だとわかるとそのまま通してくれた。

外から見た時はこぢんまりした里かと思っていたが、立ち並ぶ家屋は大きく、道も広く取られている。里の中にある家はしっかりとした造りの立派な屋敷が多く見られた。

里の町並みを牛車から眺めて、あることに気づく。

塀は直線に設置されているのではなく、円を描くように緩くカーブしている。そして土を踏み固められて作られた道も、時々中途半端なところで途切れていた。

木も植えられているが、道の脇ではなく真ん中に生えていたりして、不思議な町並みになっている。

「あの木、わざわざあの位置に植えたんですか？」

「ああ、あれか。あの位置に置かねばならなかったんだ」

「何か意味があるんですか？」

「この里は、道や館、植物を使って陣が描かれている。悪しき者が入ってこられぬように、この里自体が魔除《よ》けの陣となっているんだ」

「悪しき者って……」

「妖だ」

事も無げに返され、凛は息を飲む。

「十八年前、妖たちに結界を破られてからさらに強化した」

――本当に妖と戦ってるんだ……。

里全体を使って大きな陣を作って妖除けをしていることを知り、術者たちが本気で妖を退治しようとしている意気込みを肌で感じた。

「……ようやく見えてきたな。三軒先が私の館だ。館へ戻ったら、まずは妖と人の歴史を教えよう。妖についての知識をつけねば戦えないからな」

視線を向けると、三軒先に生垣に囲まれた館を見つけた。

これまで里の中で見かけた館と比べて、特別大きくもなければ小さくもない、平均的な大きさだ。けれど庭はよく手入れされているようで、牛車から見えるそこには様々な花が植えられており、他のどの館よりも華やかだった。

「綺麗な庭ですね」

「母が花を愛《め》でる人だった。母が喜ぶから、父が様々な花を植えたそうだ。私の自慢の庭だ」

先ほどの妖の話で固くなっていた弦空の表情がフッと和らぐ。

言葉よりも表情の変化から、弦空がこの家をどれほど大切にしているかが伝わってくる。

牛車は敷地内へと入っていき、館の前で停車する。まずは車を引いていた牛が外され、正面に踏み台が置かれた。先に弦空が車を降り、凜は寝そべっている伊織を抱きかかえて車を降りる。

玄関の横で小袖姿の年配の女性が頭を下げて出迎えてくれた。

弦空はその女性に「私の弟の光弦が戻った。今日から共に生活する」と伝え、凜を紹介する。女性はチラリと凜の姿を確かめ、すぐに顔を伏せて「承知いたしました」と小声で返事をした。この館には家の中の仕事をする千代女という人がいると聞いたが、おそらくこの女性がそうなのだろう。

凜は千代女にペコリとお辞儀してから館の中へと入り、廊下を進む。

館には壁がほとんどなく、部屋を仕切るのに御簾や屏風《びょうぶ》が使われていた。確かこういう造りの家は寝殿造りと呼ぶのだったな、と記憶をたどる。

しかし、教科書に載っていた資料ではもっと広大な屋敷だった気がする。あれは貴族の屋敷だから特別豪華だったのだろうか。

術者という役職がどの程度の地位にあるのかわからないが、教科書で見たような広大な敷地を有するものではなく、家族と数人の使用人が不自由なく暮らせるほどよい広さの屋敷だった。

「わあ、いい風……」

凜の頬を涼やかな風が撫でていく。

館は風通しがよく、室内にいても室外と変わらぬ解放感を味わえるようだ。特に廊下から見渡せる弦空自慢の庭園はとても美しく、いくらでも眺めていられるほどだった。

初めて訪れた寝殿造りの館を興味深く観察していると、弦空が御簾を持ち上げ中に入っていった。呼ばれて凜も中へ足を踏み入れる。

そこは四方を御簾で仕切られた二十畳ほどの広さがある一室で、家具は何も置かれていなかった。

「この部屋を使うといい。私が幼い頃に使っていたところだ。ここから見る庭が一番美しいんだ。必要なものは後で延正と千代女に運ばせる」

凜は室内をぐるりと見回す。

子供の頃に両親を亡くした弦空は、どんな気持ちでこの部屋で過ごしていたのだろうか。

「すぐに休ませてやりたいところだが、まずは着替えだな。私の着物に着替えるといい」

再び部屋を出て、今度は弦空の私室へ向かった。

広さは先ほどの部屋よりも広いはずなのに、術者の仕事で使うのであろう巻物や紙類が部屋中に散乱しており狭く感じた。

「しばし待て。確かこの辺りに昔着ていた着物があったはずだ」

弦空は文机の近くに山のように積み上げられている紙や巻物をどかし始める。荷物の山を掻き分けていくと、下の方に葛籠《つづら》が見えた。

ようやく姿を現した葛籠を、弦空は部屋の入り口付近の比較的物が少ない場所に持ってきた。

中には着物が何着か入っており、長い間虫干しがされていないような雰囲気だったが、幸い虫食いもカビもなく綺麗な状態だった。

「私には色味や文様が似合わなくなって、しまい込んでいた狩衣だ。今の光弦なら合うだろう」

弦空が薄い藤色に白色の小ぶりな文様が入った着物を取り出す。

「着てみろ」

さっそく着替えた凜を見て、弦空が顔を綻ばせた。

「よく似合っている。この葛籠に入っている狩衣は光弦にやろう」

葛籠を弦空が、妖について書かれた巻物を凜が持ち、与えられた部屋へと戻る。

御簾を上げて中へ入ってすぐ、先ほどと室内の様子が変わっていることに気がついた。

屏風の手前には文机が置かれ、奥には畳が二畳分運び込まれている。

弦空の部屋にいる間に、千代女と延正が用意してくれたようだ。

「葛籠は床の方に置いておくぞ」

弦空は衝立《ついたて》の奥の畳の傍に葛籠を置いた。

弦空の言葉から、この畳の上で眠ればいいらしいと見当をつける。平安時代の暮らしなど知らない凜にとっては、何もかもが手探りだ。

「まだ日暮れまで間がある。妖について教えよう」

弦空が文机に巻物を広げた。

凜が彼の隣に正座すると、伊織はあくびを一つして屏風の向こうへ移動した。おそらく昼寝をするのだろう。

「まずは人と妖の戦いの始まりから話そう」

弦空が語り出したのは、なぜ妖が人に忌み嫌われるようになったのか、その理由についてだった。

妖の起源は知られていないが、この時代よりももっと以前より、災厄が起こるとそれらは妖の所行だと囁かれていた。

災厄とは、天災であったり疫病であったり、時には突然人が姿を消したことなどで、この時代に起こる大小様々な悪い事象は妖によってもたらされているという。

その辺りは、凜のいた時代に残されている妖についての伝承や言い伝えとそう変わらない。

一部の力のある者以外にその姿は見えないけれど、それがまた余計に人々の不安や恐怖心を煽《あお》り、生活に悪しき干渉を及ぼす者として恐れられ、忌み嫌われている。

人々はなるべく妖と出会わぬよう心掛けるしかなかったが、京《きょう》へ都を移すことが決まった時、ついに妖との戦が起こった。

当時、遷都する予定の京の地には数多の妖が蔓延《はびこ》っていたそうだ。

そこで遷都前に妖を京の地から退けるべく、兵が招集された。けれど妖は不可思議な力を用い、兵を撃退し、それにより多くの負傷者が出てしまった。

その後、妖に対抗出来る能力を持つ術者が集められ、その者たちの活躍により、妖を西の地へと追いやることが出来た。

しかし、住み慣れた地を奪われた妖は人間を強く恨むようになり、襲撃を警戒した帝が正式に術者たちを妖討伐隊として任命したという。

以来、妖の殲滅《せんめつ》を目的とし戦いを繰り返すうちに、妖は次の住処である静山を見つけそこを根城とするようになった。

その周辺には当時まだ人は住んでおらず、この地を妖との最終決戦の地にするべく、術者たちも里を築き最後の戦いに備えていると説明された。

「……妖はいつから静山に？」

「およそ五十年前。今日までに何度も妖と戦が起こったが、やつらもしぶとく、殲滅するまでに至っていない。だが、黒猫の式神の働きによって、統領一族である鬼はあと一匹にまで減らすことが出来ている」

弦空は次の巻物を広げ、妖との戦いが描かれた絵を見せてきた。

人とは似て非なる妖たちの中に、一際大きく恐ろしい形相を持つ鬼が描かれている。

それを指さし、弦空は言った。

「最後の鬼を討ち取れば、残りの妖たちを殲滅させることは容易《たやす》いだろう」

――最後の鬼……。

この巻物に描かれている鬼は、髪を振り乱し、額に大きな角を生やし、耳まで裂けた口からは牙が覗いている。節くれだった指にも長い爪が生え、舌なめずりしながら人間を襲っていた。

「鬼ってこの絵のような姿をしているんですか？」

凜が恐る恐る尋ねると、弦空は頷いた。

「私は見たことがないが、このように醜い姿をしていると言われている。質《たち》が悪いことに、鬼は人よりも力があり、身体も大きく、俊敏に動くそうだ。そしてこのような恐ろし気な見た目をしていながら頭が切れる。これまで奇襲をかけてもことごとく妖どもに見破られた。おそらく鬼に気取られたのだろう。狡猾《こうかつ》で卑しい残忍な生き物だ」

凜はゴクリと唾を飲み込む。

これまで凜が見た影のような妖とは比べ物にならないほど、鬼は危険な存在のようだ。

弦空は苦々しく顔を歪《ゆが》めながら、三本目の巻物を広げる。そこには鬼の生態についてが書かれていた。

「妖や鬼は、人よりはるかに長寿だと言われている。特に鬼は生命力が強く、肌は固くその身に傷を与えることが難しい上に、たとえ傷を負わせることが出来ても並外れた回復力で治してしまう。非常にやっかいな存在なんだ」

「それじゃあ、どうやって鬼と戦うんですか？」

弦空が屛風へ視線を向ける。その向こうには伊織が寝ているはずだ。

「黒猫の式神を使うんだ」

「伊織を……？」

「この先に書かれている」

巻物の先を読み進めると、黒猫の式神についての記載があった。

この時代の文字はよく読めないので、弦空が声に出して読み上げてくれる。

「『鬼に対抗出来る者は、黒猫の式神を使役する者のみ。黒猫の式神にたまりし力が解放されし時、鬼を討ち取ることが出来る』」

「えっと……、力が解放される時っていつですか？」

「それは私にもわからない。前回、黒猫の式を用いて鬼を討ち取ったのは二十年以上前。その前はさらに十三年前で、過去の記述から考えるに、定期的な周期で力が解き放たれるわけではないようだ。ただ、黒猫の式神の力を解き放つためには手順を踏む必要があるとされている」

手順とはなんだろう。

凛の表情で疑問に感じていることが伝わったようで、弦空がさらにつけ加えた。

「我々もどのような手順が必要か詳しくは知らないんだ。しかし、これまで黒猫の式神の力が解き放たれたのは、術者と鬼、二人だけで対峙《たいじ》した時だと聞いている。おそらく鬼と一騎打ちすることが条件なのだろう。そういったことから、他者がその場面に立ち会ったことがなく、この巻物に書かれていること以外はわからないのだ」

「伊織なら知ってますよね？　伊織に聞いてみます」

凛は腰を浮かしかけたが、声が聞こえていたようで屛風の向こう側から伊織が返してきた。

「言ってはならんと命じられている。私に聞いても無駄だ」

「命じられてるって、誰に？」

「先代だ。その前の主《あるじ》にも同じように口止めされた。主が変わってもこの命令は生きている。だから私に聞くだけ時間の無駄だ」

伊織がここまで言うのなら、いくら聞いても決して答えてはくれないだろう。

凛は諦めかけたが、それなら伊織に命令を下した先代の術者に聞けばいいのではないかとひらめいた。

「僕の前に伊織の主だった人に話を聞けないんですか？　その人も鬼を倒したんでしょう？」

尋ねると、弦空が眉を顰《ひそ》めた。

「黒猫の式を使役していた先代の術者は、鬼を討った後、心を病み亡くなっている。歴代の黒猫の式神使いも、なぜか多くを語らなかった」

弦空はそこまで話し、巻物を片づけ始めた。

「さて、今日はもうここまでにしよう。そろそろ夕《ゆう》餉《げ》の時刻だ」

いつの間にか日暮れ近くになっていた。どうりで巻物の文字が読みづらくなっていたはずだ。暗闇が迫ってくることにも気づかないほど、弦空の話に聞き入ってしまっていた。

「あの、もう一つだけ聞いてもいいですか？」

凛は立ち上がった弦空を呼び止める。

弦空は穏やかに頷きながら座り直してくれた。

凛は一番自分にとって重要な事柄を、どうしてもきちんと確認しておきたくて、質問を投げかける。

「伊織を使役している僕が鬼を討つ役目を負っているんですよね？　僕は鬼を退治した後はどうなるんですか？」

「どう、とは？」

「ここで暮らしていくんですか？　それとも……」

元々、凜はこの時代で生まれたと弦空が言っていた。

この時代の人々が長い間、妖に苦しめられていることも知った。

だから、伊織を使役している自分が鬼を退治する役割を背負っているというのなら協力する。

しかし、妖や鬼を退治した後、自分はどうなるのか……元の時代に戻れるのか、それを知りたかった。

本音を言えば、慣れ親しんだあの時代に戻りたい。十八年間育ててくれた父母に会いたい。

「……鬼を退治したら、元の時代に帰してもらえるんでしょうか？」

その言葉を聞いた弦空の顔が、一瞬で曇る。

凜の胸がズキリと痛んだ。

――ひどいことを言ってる……。

弦空にとって凜が唯一の肉親。凜がこの時代に戻ってくる日を待ち望んでいた。

弦空の傷ついた表情を見ていると、自分がとても冷たい人間に思えてくる。

「……ごめんなさい。忘れてください」

凜は重々しい空気に堪えられなくなり、質問を撤回する。

すると弦空がフッと嘆息し、元の穏やかな顔つきに戻って言った。

「あちらに帰りたいのか？」

「…………」

「正直に言ってくれてかまわない。……戻りたいのだろう？」

「……はい」

弦空の顔が直視出来ず、凜は顔を伏せて小声で肯定した。

「……すまないが、今すぐに戻すことは出来ない。だが、鬼を退治した後、戻してもらえないか術者頭に確認しておこう」

「帰ってもいいんですか⁉」

予想外の返答に、凜は勢い込んで顔を上げる。

弦空は柔らかな微笑みを浮かべながら告げた。

「鬼を退治するためにお前を呼び戻したのだ。妖や鬼の脅威がなくなれば、お前の役目は終わる。光弦があちらで暮らしたいと望むのなら、そうするべきだろう」

「でも、帰ろうと思って帰れるものなんですか？」

「十八年前、光弦を安全な場所へ飛ばした私たちの父は強い力を有し、なおかつ使役している式神の能力も特殊なものだった。通常式神は攻撃型が基本だが、父の式は守りに特化していた。だから先の世にお前を送ることが出来たのだろう」

一度未来へ凜を飛ばせたのだから、再び送ることも出来ると言う。

しかし、十八年前に凜を先の時代へ送った父はもう亡くなっている。

「でも、もうお父さんは……」

「そうだ。そして現在、父ほどの力のある術者も、守りの式を使役している者もいない。だが、今日お前を呼び戻した時のように、何人かの術者が力を合わせれば、再びあちらへ送ることも可能なはず。明日にでも術者頭と話してみる」

「あ……」

ありがとうございます、と口をついて出そうになったが、言葉を飲み込む。

——本当にいいのかな……。

凜がここを去れば、弦空は再び一人になってしまう。

幼い頃は父母と赤ん坊だった凜と共に暮らしていたこの館で、一人で日々を過ごすことになる。

「僕が帰っちゃって、いいんですか？　弦空さん……兄さんは？」

「私のことは気にせずともいい」

「だって……」

その時、弦空の手が伸びてきて、凜の頭を宥めるように撫でた。

「光弦は私を『兄さん』と呼んでくれた。共にここで暮らしていきたいが、あちらで光弦が幸せに生きられるのならそれでいい」

そこで一度言葉を区切り、弦空は「ただし、これだけは覚えておいてくれ」と前置きして続きを口にする。

「生まれてすぐに式札から黒猫の式神を呼び出したお前は、我々術者の切り札とも言える存在だった。成長する過程で修行を積み、十八歳で元服を迎えた後は、黒猫の式神の持つ力を使い最後の鬼を討つ役目を負っていた。……しかし、十八年前、里に妖が奇襲をかけてきて術者側が劣勢に追い込まれてしまい、父はお前をなんとしても守ろうと術を使い安全な地へ逃がしたのだ。全てお前を守るためにしたこと。光弦を大切に想ってのことだったと、それだけは忘れないでやってほしい」

顔も覚えていない実の父。

ついぞ再会することは叶わなかった。

けれど父の愛情は、兄である弦空を通して凜に伝わった。

そして弦空も凜の気持ちを尊重して、自分が辛くとも送り出そうとしてくれている。

――こんなにも、想ってもらってたんだ……。

血の繋がった家族のことを考えないようにしてきたのには、もう一つ別の理由があった。

それは、生まれて間もなく実親に捨てられたという事実が、凜の胸に痛みをもたらしたからだ。

――でも、違った。

父も兄も、凜のことをとても大切に想ってくれていた。きっと母もそうだろう。

自分の出自を知らずに育った凜と違い、弦空には家族との思い出がある。十八年近くも凜がこの館に戻ってくる日を待ち望んでいたのだから、二度目の別れが寂しくないはずがない。

それでも凜の幸せを願い、自らの寂しさを押し込めてくれる。

弦空の優しさに応えるために、せめてもの恩返しとして自分に与えられた役目をしっかり終えよう。

妖のことも鬼のこともまだよくわかってはいないけれど、退治することで弦空をはじめ、この時代の人々が安心して暮らせる世の中になるのなら、精一杯務めようと思った。


翌朝。

凜は誰かに呼ばれた気がして目を覚ます。

か細い女性の声だったので、てっきり母親が起こしにきてくれたのかと思い、寝ぼけ眼で飛び起きた。

「今何時っ？」

母が起こしにくるのは凜が寝坊した時だけで、寝過ごしてしまったかと焦ってしまう。

「今日は休みじゃないよね？　学校に……」

あたふたと布団から這《は》い出て、はたと気づく。

部屋の四方を囲っているのは御簾と屏風。天井にはライトはなく、部屋を照らしているのは、御簾から差し込む太陽の光のみだった。

「そっか……」

部屋の景色が自室とは全く違うことで、昨日の記憶が蘇ってきた。

――ここは過去の世界なんだ……。

凜ははだけた寝間着を直しながら、屏風の横を通り廊下との仕切りである御簾を持ち上げる。

そこには昨日チラリとだけ顔を見た千代女が正座

して顔を伏せていた。

「えっと……、千代女さん、でしたよね？」

「はい。朝餉の支度が出来ました。旦那様もお待ちです。お支度をして主殿にいらしてください」

「主殿ってどこですか？」

「ご案内いたします。お支度が出来るまで、ここでお待ちします」

凜は急いで室内に取って返し、昨日の狩衣に着替えようとした。

枕元にきちんと畳んで置いておいたのに、その上で伊織が丸くなって寝入っている。

「伊織、着物の上で寝ないでよ」

凜が抱き上げると、伊織が悪びれもせずに言ってきた。

「仕方ないだろう。この時代の布団は薄くて寝心地がよくないんだ。ここが一番ましだ。それに私の毛は抜けぬのだから着物が汚れることもないだろう」

そういえば伊織はこんなにフワフワしているのに毛が抜けない。他に猫を飼ったことがなかったからこういうものかと思っていたが、毛が抜けないのは伊織が式神だからなのだろう。

「毛だらけにならなくても皺《しわ》になっちゃうよ」

凜は伊織を畳の上に下ろし、着替えを始める。

身支度が整うと、伊織を抱いて廊下に出た。

千代女の案内で館の中央に位置する主殿に向かう。

廊下を歩きながら庭に目をやると、延正が落ち葉を掃いていた。庭仕事も彼の役目らしい。

ほどなくして主殿と呼ばれる場所に着くと、間仕切りの御簾が上げられた室内には巻物に目を通す弦空の姿があった。

弦空は凜の訪れに気がつくと、昨日と変わらぬ笑顔で迎え入れてくれた。

「よく眠れたか？」

「はい、ぐっすり」

「それはなによりだ」

弦空の前にはすでにお膳が置かれており、対面に用意されているお膳の前に凜も腰を下ろす。

朝食として用意されていたのは、雑穀米のお粥《かゆ》に鮎《あゆ》の塩焼き、他に漬物が二品だった。

この時代の平均的な食事内容はわからないが、昨夜も同じようなメニューだったことから、これがこの家の普段の食事らしい。

「さあ、食べよう」

箸《はし》を手に取り食べ始める。

食材は違うものの調味料は共通して塩が使われているため、どれも基本的には同じような味だ。しかしこの時代には冷蔵庫などなく、取れたての魚や野菜が使われているため、素材そのものの新鮮な味わいを楽しめる。

半分ほど食べたところで、弦空から今日の予定を伝えられた。


「私はこの後、集会所へ出仕する。日暮れまでには帰宅するが、その間光弦はこの館に残り、妖や術についいて学んでおいてくれるか？」

「それはかまわないんですけど、僕、この時代の文字がしっかり読めなくて……」

昨日、弦空から巻物を見せられたが、半分も読めなかった。一人で読み解くのは難しい気がした。

一人で巻物も読めないことを申し訳なく思っていると、弦空が提案した。

「黒猫の式に読ませればいい」

「伊織に？　伊織は字が読めるんですか？」

凜の隣で寝そべっていた伊織が耳をピンと立ててこちらを仰ぎ見る。

「読めるぞ。伊達《だて》に長く存在していないからな」

「そうなの？　知らなかった」

物心つく前からずっと傍にいてくれた伊織。なんでもわかっているつもりでいたけれど、ここに来てから本当は知らないことだらけなのだと気づかされてばかりだ。少し落ち込んでしまう。

「式神で字が読める者は他にいないからな。式神に読み書きは必要とされないから、知らなくとも仕方ない」

凜が肩を落としたのを察したのか、すかさず弦空が慰めてくれた。

「伊織は特別なんですね。……伊織、手伝ってくれる？」

気を取り直して凜からも伊織に頼んでみた。

伊織は再び顔を前脚の上に伏せ、尻尾をパタパタと動かして『了解』と返事をしてくれる。

凜が感謝の意味を込めて小さな頭を撫でていると、弦空が伊織に言った。

「私が不在の間、光弦を頼みます」

「言われずとも守る。凜は私の主なのだからな」

その返しに弦空と凜は互いに顔を見合わせ、口の達者な伊織に苦笑いを浮かべながら、残りの食事を口に運んだ。


「んー、疲れた」

文机に向かっていた凜は筆を置き、両手を上げて背筋を伸ばす。

弦空が仕事に出かけてすぐに自室へ戻り、与えられた巻物や書物を使って術者に必要な知識を勉強していた。

やはりこの時代の文字はよく読めず、伊織につきっきりで音読してもらい、忘れぬように要点をまとめて紙に書きつけることにした。

御簾の向こうへ視線を向けると、太陽が西の方向に見えた。

この時代には時計などもちろんなく、太陽の位置でおおよその時刻を計る。今は午後三時くらいだろうか。

凜の育った時代と違い、一日二食が基本のようで昼食はないため、少し前に千代女が軽食として菓子を運んできてくれた。

それを食べながら休憩を取り、再び勉強を始めたのだが、伊織はもう飽きてしまったようで、文机に向かう凜を余所《よそ》に屏風の向こうの寝床へと姿を消した。

長時間自分の勉強につき合わせてしまったので、伊織が休憩をしている間は自分で巻物を読んで過ごしていた。

けれどやはり普段使っている現代文字とは違う上に、草書体のように崩した達筆な文字はとても読みにくく、集中して一文字ずつ追っていたので疲れてしまう。

凝った首や肩を解すように軽く腕を回し、そろそろ伊織に手伝ってもらおうと屏風の向こうに声をかける。

「伊織、そろそろこっちに来てくれない？」

しかし、何度か呼びかけても伊織の返事は聞こえてこず、凜は不審に思って寝床を覗きにいった。

「……伊織？」

畳の上に伊織の姿はなく、辺りを見回してもどこにもいない。

「伊織、どこ？」

心持ち大きめの声で呼んでみるが、やはり返事はなかった。

「伊織？　伊織ー？」

御簾を上げて廊下に出てみると、早足でこちらに向かってくる千代女の姿が目に入った。どうやら伊織を呼ぶ声を聞きつけて様子を見にきたらしい。

千代女は凜の元へ来ると、顔を伏せるようにしながら尋ねてきた。

「いかがなさいました？」

「伊織を探してて……。僕が連れてる黒い猫なんですけど、どこかで見ませんでしたか？」

「黒猫ですか？　私は見ていませんが……」

するとそこで、庭仕事をしていた延正が話に入ってきた。

「黒猫でしたら、つい先ほど、そこの木の枝を伝って塀の外へ出て行きました」

「外へ？」

元の時代では、伊織は本物の外飼いの猫同様、好き勝手に出歩いていた。

だから一人で出歩いても不思議ではないのだが、なぜかこの館からは出て行かないと思い込んでいた。

——いったいどこに……。

ちゃんと帰ってくるだろうか。

元々この時代で暮らしていたのだから、ある程度慣れているとは思うが、ここは凜が育った時代とは違い、鬼や妖が出没する。

鬼を封じる力を持つ唯一の式神である伊織に何かあったら大変だ。

式神は紙で出来ているため、里の周りを囲っている堀にでも落ちたら……。

考えれば考えるほど心配になって、伊織の帰りを待っていられなくなった。

「僕、館の周りを探してみます」

「ならお供いたします」

「大丈夫です。近所を少し探すだけなので」

延正の申し出を断り、凜が小走りで玄関へ向かおうとすると、「お待ちください」と千代女に引き止められた。

「良家の子息が供も連れず、徒歩でお出かけになるのはよろしくありません。車を用意いたします」

「車って、牛車ですよね？　猫を探すのにそんな大げさにしなくても……」

「いいえ、なりません。その身なりでお一人で外出されては悪目立ちしてしまいます。作法がなっていない弟を持つと、噂《うわさ》されて恥をかくのは旦那様です」

そんな風に言われてしまうと、一人で気軽に伊織を探しに行きづらくなってしまう。

だが、牛車で猫探しは効率が悪い。

「なら、どうしたら……」

凜が困り顔で呟くと、千代女が「お召し替えいたしましょう」と言って館の奥の部屋へと案内された。

そこは倉庫として使っているようで、調度品がたくさん保管されていた。

千代女は部屋の隅に置いてある葛籠の蓋を開け、中に入っていた着物を取り出す。

「こちらにお召し替えを」

「これは？」

「旦那様が幼少の頃に着用していた水干《すいかん》でございます。光弦様はすでに元服されておりますが、幼い顔立ちをしていらっしゃるので、水干をお召しになっても違和感はないでしょう」

着物の作法がよくわからないので水干を着ることに抵抗はないが、なぜ着替えなければいけないのかがわからず首を傾げる。

「元服された成人男性がお一人で出歩かれると目立ちますが、水干姿の童《わらわ》でしたらそれほど人目は引かないでしょう。それに、水干には草履《ぞうり》を合わせられます。浅沓よりはだいぶ動きやすいでしょう」

なるほど。ようやく水干に着替える意味がわかった。

凜がさっそく烏帽子《えほし》を脱いで着替え始めようとすると、千代女が小さく悲鳴を上げ着物の袖で顔を覆った。

「烏帽子を人前で外してはなりませんっ。私が退室した後にしてくださいませっ」

「す、すみません」

――そういえば、この時代は烏帽子を取った姿を見られることがとっても恥ずかしいんだっけ……。

常識が違っていて戸惑うばかりだが、知らなかったとはいえ千代女には悪いことをした。

凜が烏帽子を被《かぶ》り直している間に、千代女は大急ぎで部屋を出ていった。

凜は手早く着替え、玄関に向かう。

そこには延正がいて、草履を用意してくれていた。縄の結び方を教わりながら草履を履き、礼を言って館を後にする。

足にぴったりとした草履は浅沓と比べ物にならないくらい歩きやすい。水干も袴の裾が膝下までなので、足さばきが楽だった。頭に烏帽子を被らなくていいし、狩衣と比べてとても身軽だ。

凜は館を出ると左右を見渡して伊織の姿を探す。

けれどどこにもその姿は見えない。

この里の地理をよく知らない凜は迷子になるのを防ぐため、とりあえず館を囲っている塀に沿って歩いてみることにした。

右手側に塀がくるように時計回りで歩いていくと、五軒先の木に黒い毛玉を見つけた。

早々に見つけられたことに安堵《あんど》しながら近づいていくが、二軒手前まで来たところで伊織が木から飛び下り道の端を走り出した。

「伊織っ、待って！」

慌てて呼びかけるが、伊織の走りは止まらない。

伊織はどんどん館から遠ざかっていき、ついに里の出入り口である門をくぐって外へ出ていってしまった。

その行動は予想しておらず、伊織を捕まえるために凜も門を抜けて堀にかけられた橋を渡る。

「伊織！」

呼びかけに応えるように伊織が一度足を止めたが、振り返りもせず再び歩き出し、道から逸れて草が生い茂る場所へと入っていってしまった。

「僕の声が聞こえてるはずなのに、どうして行っちゃうの？」

訝《いぶか》しく思いながらも、凜も草むらに入り伊織の後を追う。

けれど凜の腰くらいの高さの草むらに入られてしまっては、伊織の姿を目視出来ない。

夢中で草の揺れを見つめながら歩いているうちに、里からずいぶん遠くまで来てしまっていた。

夕暮れも近づいている。

そろそろ戻らないと帰る途中で暗くなってしまう。

いよいよ焦って伊織を探すが、一瞬里の方向を振り返って距離を確認している間に、草むらの揺れが確認出来なくなった。

「伊織？　どこ？」

どこへともなく呼びかけてみるが、返事はない。

東の方に木々が密集した小さな林がある。その周辺の草は背丈が低く、林へ向かって歩いていく黒猫の姿が目に入った。

「伊織！」

伊織が林へとたどり着き、木々の中へ入る前に凜が着いてきているのを確かめるかのように、こちらへ視線を向けた。

「伊織、里へ戻ろう！」

凜は自身の居場所を示すために頭上で大きく手を振った。

伊織はその姿を確かに認めた様子だったのに、身を翻《ひるがえ》し林の中へと足を踏み入れてしまう。

「……様子が変だ」

これほど呼んでいるのに、なぜ足を止めないのか。

何か理由があるように感じる。

たとえば、凜をどこかへ連れて行こうとしているとか……。

考えている間に、伊織の姿が完全に見えなくなった。

凜は急いで草むらを抜け、躊躇いなく林の中へと入っていく。

季節は夏の終わり。

元の時代と比べ、この時代の夏はそれほど暑くはないが、ずっと太陽に照らされていたので額からは多量の汗が流れていた。

陽光が葉で遮られたこの林は、とても涼しく感じる。

伊織の姿を探しながら道なき道を進んでいた矢先、頭に何かが触れた。

「わぁっ！」

驚いて飛び退《すさ》ると、先ほどまで凜が立っていた場所にドサッと固まりが落ちてきた。

細長い身体を持ち、海を泳ぐようにこちらへ向かってきているのは、体長一メートルほどの蛇だった。

山育ちのため、何度か蛇と遭遇したことはある。

けれど静山にいる蛇は毒のないアオダイショウで、それほど危険はなかった。

しかし今目の前にいるのはアオダイショウとは違い、黄色みのかかった身体にオレンジの鮮やかな文様が入った蛇。ヤマガカシという毒蛇だ。

逃げようと踵《きびす》を返したが、慌てていて木の根に足を取られ転んでしまった。すぐに立ち上がったのだが、体重をかけた右の足首に激痛が走る。

「痛っ……。捻《ひね》っちゃった」

蛇は間近に迫ってきている。

這って逃げようとしたが、蛇の方が動きが速く、今にも嚙《か》みつかれそうな距離になっていた。

上半身を持ち上げ、開いた口からは長い舌を覗かせて威嚇され、襲い掛かられることを覚悟して目を瞑《つむ》る。

その時だった。

「待て」

頭上から声が響いた直後、上から人影が降ってきた。

「この者に敵意はない。退《ひ》け」

凜の前に進み出た背の高い男性は、どうやら蛇に向かって話しかけているようだった。

蛇が人の言葉を解するはずがないのに、ヤマガカシは進行方向を変え、茂みの中へ姿を消した。

何が起きたのかわからず硬直していると、男性が振り向き身を屈めて座り込んでいる凜に声をかけてきた。

「もう大丈夫だ」

「ひっ」

男性の容貌を見て、凜の口から悲鳴が上がる。

男性は狩衣ではなく、黒に近い深い紺色の着物に金色の模様のある臙脂《えんじ》色の帯を合わせ、袖と裾にも同じ臙脂色で刺繍《ししゅう》が入った紺色の羽織を肩から掛けていた。

けれど、目を引かれたのは彼の装いにではない。

目線を合わせるために膝を折った男性の顔が、両の眼を見開き、耳まで裂けた大きな口を牙を剝くように開き、怒りを露《あらわ》にした真っ赤な顔をしていたからだ。

恐ろしい容貌をした男性に詰め寄られ、無意識に後退りしてしまう。けれど先ほど捻った足首が痛み、思うように動けなかった。

「痛っ」

右足首を手で押さえると、男性がそちらへ視線を向けた。

「怪我《けが》をしているのか？」

「え、ええ……」

「どれ、見せてみろ」

返答を待たず、男性が凜の手をどかして足首をまじまじと見つめる。

「捻ったのか？　腫れているようだ。草履を脱いだ方がいい」

男性の手が足に触れ、草履を固定するための縄を解き始める。

締めつけていたものがなくなり、男性の言う通り少し痛みがましになった。

「捻った時は冷やすといいんだ。向こうに川が流れている。そこへ行って足を冷やそう。立って歩けるか？」

「は、はい」

凛は男性に言われるがまま立ち上がる。

しかしやはり右足に体重をかけるとズキンと強い痛みが走り、一歩も踏み出せなかった。

その様子を見て、男性はしばし思案した後、いきなり凛を横抱きに抱え上げた。

「わっ!? お、下ろしてくださいっ」

「下ろしても歩けぬだろう？」

「そうですけど……」

見知らぬ男性に抱きかかえられて運ばれるのは、正直怖い。

それも風変わりな装いの、恐ろしい形相をした男性。警戒して当然だ。

けれど今は男性の不興を買ってしまう方が危ないかもしれない。

凛が抵抗を諦めると、男性は木々の間を抜け、迷いない足取りで歩いていく。

その間、彼が話しかけてくることはなく、凛はそっと男性の顔を見上げてみた。

——あれ？ これって、お面……？

先ほどはいきなりのことだったのでしっかり直視出来なかったが、こうしてよくよく見てみると、鬼のような恐ろし気な顔だと思っていたのはお面だったのだ。

けれど、警戒心はまだ解けない。

なぜならこの男性は、成人男性が必ず被る烏帽子も着けず髪も結わずに下ろしており、背中の中ほどまで伸びたその髪は、日本人には見られない銀色がかった白髪だったからだ。

男性の素顔はわからないが、声質や背格好などから白髪になるほど歳《とし》を重ねているようには感じない。

「どうした？」

気になって無遠慮に見つめてしまっていたようだ。視線に気づいた男性に問いかけられた。

「いいえ、なんでも……」

ないです、と続けようとして、言葉が途切れる。

——赤い……。

面から覗く瞳。

その目が真っ赤だった。

——まさかこの人……。

凜の脳裏に、『妖』という文字が浮かんでくる。

これまで凜が遭遇した妖は、皆黒い影だった。

元の時代で見かけた妖はこんなにはっきりと形があるわけではなかったが、彼は凜の知っている人間とは異なる容姿をしている。

そう、弦空に渡されたあの巻物に描かれていた、妖に近い姿形を……。

もしかしたら、という考えが頭の中でグルグル回る。

いっそう身体を強張らせると、凜を抱いている男性にもそれが伝わったようだ。

「……私が恐ろしいか？」

「…………」

そうだ、と言えるはずがない。

言ったら何をされるかわからない。

凜がただただ硬直していると、男性が目線を上向け、「着いたぞ」と言った。

せせらぎが聞こえるので、目的地の川に到着したようだ。

男性は川辺まで進み、そこでようやく凜を下ろした。

大きめの石に座らされ、足を浸すように言われる。

ぎこちない動きで右足を浸けると、透き通った水は思いのほか冷たかった。

「もう片方の足も浸すといい」

男性が凜の左足の草履も脱がせてくれ、拒否も出来ず両足共に川に浸けた。

「……冷たくて、気持ちいい」

凜の口から独り言がこぼれる。

男性が凜の足に川の水をかけながら言ってきた。

「怖がらせてすまなかったな」

「え……？」

「この面に驚いていただろう？」

凜は迷ったが、正直に頷いた。

男性は気分を害した様子もなく、穏やかな声で続ける。

「私は生まれつき人と異なる姿をしている。それを隠すために、面をつけているのだ」

それはきっと、白銀の髪や赤い瞳のことだろう。

着物の袖から覗く腕も色が薄い。

この時代には髪を染める風習はないはずだから、皆黒い髪と瞳をしている。

その中で彼のような容姿は目立つだろう。

それを誤魔化《ごまか》すために鬼の面をつけていたのか。

凜は彼の事情を知り、身体の緊張を解いていく。

そして同時に、自分を助けてくれたのに彼の容姿に驚いて礼の一つも言っていないことに思い至った。

「そうなんですか……。そうとは知らず、驚いてしまってすみません。それと、助けてくれて、ありがとうございました」

ペコリと頭を下げると、面の奥の瞳が細められた。

「かまわない。大抵の者は私を見ると驚き恐れる。この姿を見ただけで逃げていき、まともに言葉を交わしてもらえない。礼を言われたことなど初めてだ」

面の奥で男性が微笑んだ気がした。

「ところで、このような人気《ひとけ》のない場所で何をしていたのだ？」

男性は再び凜の足に水をかけながら尋ねてきた。

そこで伊織のことを思い出す。

「猫を追ってきたんです。黒い猫なんですけど、見ませんでしたか？」

「猫？　見ていないな」

「そうですか……」

――伊織、どこに行っちゃったんだろ……。

もう少し探したいが、この足では歩き回れない。無事に館へ戻ってくれているといいのだが……。

伊織の身を案じていると、男性が手を止めた。

「お前は里の者か？　黒猫を見かけたら、里の近くまで送り届けよう。今日はもう日が暮れる。お前も帰った方がいい」

「あなたは里に住んでいないんですか？」

「私はこの近くに住んでいる」

術者たちの里の他に、この辺りに人が住んでいる地域があったのか。

静山には妖が住んでいるから、里以外に人が住む集落はないと弦空に聞かされていた。

「ありがとうございます。助かります」

「ああ、だが、この足では里まで歩けないな。里の近くまで送っていこう」

「里まで距離がありますよ？　あ、どこかに牛車があるんですか？」

「牛車はない。私が先ほどのように抱いていく」

この林から里まで、一キロくらいはあるのではないだろうか。その距離を凜を抱いて歩くのはさすがに無理な気がする。

「そんな……大変ですよ。林の出口辺りまで送ってもらえたら、後は木の棒を支えにして自分で歩いて帰ります」

「遠慮せずともよい。こう見えて私は力があるんだ」

確かに軽々凜を抱きかかえていたことから男性に力があることは知っているが、里まで凜を送っていき、再びこの近辺まで戻ることを考えると日が暮れてしまう。

会ったばかりの男性にそこまで世話になるのも申し訳なく思っていると、遠くから牛の鳴き声が聞こえてきた。耳を澄ますと凜を呼ぶ弦空の声も聞こえる。

「あ、兄の声です。探しにきてくれたみたいです」

凜が安堵しながら男性に伝えると、彼は少し残念そうに「そうか」と頷いた。

しかしすぐに「よかったな」と言って川から凜の足を上げ、袂《たもと》から手ぬぐいを取り出しそれで濡れた足を拭いてくれる。

「迎えの者の近くまで連れていこう」

「何から何まで、ありがとうございます」

だが、草履に足を通して縄を結ぼうとすると、男性に手首を摑まれ阻まれた。

「あの……？」

どうしたのだろう、と訝しく思っていると、男性が数秒間を置いた後、尋ねてきた。

「名を聞いてもいいか？」

「ええ。凜です」

「凜か。男児には珍しい名だな」

そういえば、この時代の名前は『光弦』だった。まだ馴染んでいなくて、『凜』と咄嗟に名乗ってしまっていた。

男性は嚙みしめるようにもう一度「凜……」と呟き、自身の名前を口にする。

「私は雪雅《せつが》だ」

「雪雅さん、ですね」

凜が彼の名前を繰り返すと、雪雅が手首を摑む指に力を込めた。

「……凜、また会ってもらえるか？」

「え？」

「私はこの見た目ゆえに、人里離れたこの場所で暮らしている。ごくまれに人と会っても、皆逃げていく。お前だけだ、私と言葉を交わしてくれたのは。だからまた会ってほしい」

最初は驚いてしまったけれど、雪雅は凜を助けてくれた。優しく声をかけ接してくれた。

優しい人なのに、見た目が原因で人々から恐れられてしまっているのだろうか。

雪雅の気持ちを思うと胸が痛んだ。

「……この林に来れば、雪雅さんに会えますか？」

雪雅の指先が小さく跳ねる。

そして震える声で言った。

「ああ、ここにいる。ここで待っている」

「毎日は難しいかもしれないけど、また必ず来ます。今日のお礼もしたいので」

凜の言葉に安心したのか、雪雅の手がようやく離れていく。

「林に入ったら、私の名を呼ぶといい。すぐに迎えにいく」

凜が頷き返した時、こちらへ向かってくる足音が聞こえてきた。弦空が近くまで来ているようだ。

凜が弦空の呼びかけに「ここにいます！」と返事をすると足音がだんだん大きくなり、茂みから弦空が姿を現した。

「光弦、このようなところで何をしているんだ？」

「伊織を追いかけてきたんです。そうしたら転んで足を捻ってしまって……」

凜は振り返り、助けてくれた雪雅を弦空に紹介しようとした。

「……あれ？」

つい先ほどまで傍にいたはずの雪雅の姿が消えている。

周囲を見回してみても、どこにも姿が見えなかった。

「立てるか？　もう日が暮れる。日が沈む前にここを離れるぞ」

弦空に腕を引かれ、立ち上がる。

「ちょっと待ってください。助けてくれた人にお別れを……」

「人？　このような場所に人がいたのか？」

「ええ。色々とよくしてもらって……」

すると突然、弦空の顔色が変わった。

「……それは本当に人だったのか？」

「え？」

「ここには静山に通じる道がある。この林は妖がよく出るのだ」

——妖が……？

凛は雪雅の姿を思い出した。

雪雅は人とは違う容姿をしていた。

それを隠すために鬼の面を被っていると言っていた。

もし雪雅が妖なら、鬼の面を被る必要はないのではないか。面を被るとしても、人に似せたものにするはずだ。

——雪雅さんは違う。

妖はとても悪い者だと弦空も言っていたし、巻物にも書いてあった。

人間を見つけると誰彼かまわず理由なく襲い掛かると……。

けれど雪雅は、毒蛇に襲われていたところを助けてくれ、怪我を案じて川辺まで運んでくれた。

見ず知らずの者を見返りも求めずに助けてくれたのだから、彼は悪しき妖ではない。

——でも、誤解されてしまうかもしれない。

雪雅は妖ではないけれど、見た目が人と違うから、妖と間違われてしまうかもしれない。

もし凜が雪雅のことを詳しく話してしまったら、妖を討つ術者である弦空は雪雅のことを怪しむだろう。他の者に相談して、確認のために術者を送られたら、誤解から雪雅に危険が及ぶかもしれない。

「……旅の人だったみたいです。だからこの林に妖が出ることも知らなかったのだと思います」

凜は咄嗟に嘘をついていた。

弦空に嘘をつくことは心苦しかったが、恩人である雪雅を守るためには仕方ない。

弦空はその言葉で納得したようで、雪雅を探すことはしなかった。

延正と弦空に両側から支えてもらいながら、牛車に乗り込んだ。

林を抜け、夕闇の迫る草原の中を里を目指して走る。

凜は雪雅に思いを馳《は》せながら、遠ざかる林を見続けた。


狩衣に袖を通し、烏帽子を被る。

毎日着ているから、この格好をすることにも徐々に慣れてきた。

凜が身支度を整えていると、足元から声が聞こえた。

「様になってきたな」

前脚を揃《そろ》えて座り凜を見上げているのは、式神である黒猫の伊織だ。

三日前、突如館を抜け出した伊織は、凜と弦空が帰宅するとひょっこり庭から出てきた。

安堵と驚きで凜が伊織を詰問すると、どうやら林に行ったものの、妖の気配が濃くてすぐに里へと戻ってきたらしい。なぜ林まで行ったのか聞くと、たっぷり間を置いた後、「敵陣の下見だ」と返された。

自由気ままな伊織には心配させられたが、無事ならそれでいい。

ホッとして伊織を抱き上げると、「妖の匂いがする」と指摘された。

おそらく、妖がよく出没する林に長い時間滞在していたからだろう。妖の匂いまでわかる伊織に少々驚かされた。

その日から今日まで、弦空に用意された巻物や書物を読み込んで術者についての勉強に励んでいた。

弦空は日中は仕事に出ているが、帰宅してから夜遅くまで、食事の時間の他はつきっきりで勉強につき合ってくれていた。

おかげでこの時代に来る前よりは妖や鬼、術者についての知識を得ることが出来たが、まだ肝心の妖と戦うための術については教わっていない。

「伊織、今日は大人しくしててよ?」

「なぜだ?」

「昨日、兄さんが言ってたでしょ? 都から偉い人が来るって。妖討伐の責任者に任命された人だから、僕と伊織も挨拶《あいさつ》することになるみたいだよ」

「都のお役人か。妖と戦う力がなくとも貴族だから長《おさ》になったのだろうな。人間社会は面倒だ」

伊織は興味なさそうに大きなあくびをする。

凜は自由気ままな伊織が何か失礼をしないか、ハラハラしてしまう。

「ちゃんとお行儀よくしててよ? 今みたいなこと言っちゃ駄目だからね?」

「私は式神。式の声は力のない人間には聞こえぬ。無用な心配をせずともよい」

「そうだけど、走り回ったりしないで、僕の傍にいてねってことだよ」

「わかったわかった」

煩《うるさ》そうに耳を後ろ脚で掻き、伊織が立ち上がる。

その後を追いながら、自分の方こそ何か失敗をしでかさないか凜は不安を募らせた。

朝食後、弦空と共に牛車に乗り込み術者たちの集会所へ向かう。

集会所は里の中心部にあたる場所に位置し、簡単にはたどり着けないようになっていた。

一軒の館の敷地に入り、木々で隠された奥の門を開けると、左右に木の壁がそびえ立つ一本道が現れる。どうやら、表の通りから見ればただ館が立ち並んでいるように見えるが、裏側に集会所へと通じる秘密の通路を作ったようだ。

その道を行くと、広場のような開けた場所に出た。ここも術者たちの館の裏側に作られているらしく、木の壁でぐるりと囲まれていた。

敷地全体の広さは測れないが、目の前に建つ平屋の家屋が集会所とのことで、寝殿造りではなく、しっかりとした壁で四方を覆った道場のような雰囲気だった。


「こんなところに集会所があったんですね」

「万が一、妖に攻め込まれた時のために、表から目につきにくい場所に作ってあるんだ」

弦空に説明され、里の造り自体が妖除けの陣になっていることを思い出し、彼らは妖と戦うプロなのだなと改めて思った。

集会所の手前にはすでに何台もの牛車が停められている。

弦空も空いたスペースに牛車を停めさせると、先に車を降りた。

「光弦、これから先は私のことを『兄上』と呼ぶのだぞ？　他の術者の手前があるからな」

「わかりました」

凜が車から降りたところで、会話が聞こえたのか、屋敷の前に立っていた若い男性が弦空に声をかけてきた。

「その声は弦空か？　久しぶりだな」

「連翹《れんぎょう》じゃないか。いつ戻った？」

「昨夜だ。戻ってすぐに招集がかかるとはな。ついてない」

親し気な様子だから、弦空の友人だろうか。

凜は二人の邪魔にならないように、少し後ろで会話が終わるのを待っていた。

しばらく談笑した後、連翹の視線が凜に向く。

「その者が件《くだん》の？」

「ああ、弟の光弦と黒猫の式神だ」

「ほう……。なるほど、この者がな」

連翹が距離を詰めてきて、まじまじと顔を覗き込まれた。唐突に至近距離に顔を近づけられ、驚いて一歩下がる。

凜が戸惑っていることに気がついたのか、連翹が苦笑した。

「すまない。私は目が悪いのだ。近づかないと顔が見えなくてな」

「まだよくならないのか？」

「妖の毒にあてられたのが元だ。そこらの薬や祈禱くらいではなかなかな。まあ、命を取られなかっただけで御の字だろう」

連翹はなんでもないことのようにあっさりと言ったが、弦空の表情は暗い。

「目のせいで決まりかけていた縁談まで流れたのだろう？　術者の宿命とはいえ、やりきれないのではないか？」

「縁談といっても、親同士が決めたものだ。好き合って一緒になろうとしたわけでないし、私の目が悪くなったと知ったらすぐに破談を申し入れてきたような相手だ。縁談がまとまったとしても上手《うま》くはいかなかっただろう。……それより」

連翹は凜を見据える。

よく凜の顔を見るためか、連翹は切れ長の瞳を眇《すが》めるように細めた。

「光弦、だったな。お主、妖と会っただろう？」

「え？」

「私はな、一年ほど前に妖によって両目に傷を負わされた。これまで見えていたものは見えにくくなったが、代わりに残った妖の妖気がはっきりと見えるようになったのだ。そなたの身体の周りに、うっすらとだが妖気が見える」

――妖気？

凜は妖に会ったことなどないので首を傾げたが、隣で聞いていた弦空が「林に入ったからではないか？」と言ってきた。

「三日前、静山へ続く林に入ったのだ。長い時間滞在していたようだから、妖気が身の周りにまだ漂っているのかもしれん」

「なるほど。あの林に入ったのか。ならそのせいか」

連翹はそう言った後、忠告してきた。

「お主は我々術者にとって鬼と戦う要となる存在。そのことを忘れぬよう慎重に行動するんだぞ」

「は、はい」

凜が気迫に押されて頷くと、満足したのか連翹は踵を返す。

「さて、そろそろ刻限になるだろう。我らの長となるお貴族様の顔を拝みにいくか」

「連翹、そのような口を利くものではないぞ」

「心配するな。本人には言わないさ」

連翹が歩き出そうとすると、後ろで控えていた下男らしき男性が彼の手を取った。視力の弱い連翹の目となり杖《つえ》となって手助けしている介助人らしい。

先に立って歩き出した連翹の後ろを弦空と凜はついていき、玄関を入り履物を脱いで屋敷に上がる。

「変わった造りですね」

術者たちの集会所となっているこの屋敷は、玄関を入ると目の前に広々とした中庭が広がっていた。その中庭を正方形に囲むように左右に廊下が伸びており、玄関の対面に位置するところに術者たちが集う広間が配置されている。建物の外側には壁が作られているが、内側には御簾があるだけで、この御簾を全て上げればどこにいても屋敷内部を見通せるようになっていた。

「中庭は術者たちが術を披露する場所としても使われているから、広間や廊下からよく見えるようにしてあるんだ」

「誰に術を見せるんですか？」

「今日のように、都から役人が来た時だ。我らは妖討伐のために都から様々な援助を受けている。しかし、長い年月をかけても殲滅することが出来ていないため、都の貴族の中には術者の能力を疑う者も少なからずいるのだ。そういう者には我らがどのようにして妖と戦うかを実際に見せている」

この里は妖が見える術者たちで形成されているため失念していたが、力を持たない大多数の人々は妖の姿を見ることは叶わない。そのため、見えない者の中には妖の存在そのものを疑う者もいるようだ。

「前回、視察と称して我らの働きぶりを偵察にきた役人は、術者頭の式神を見て腰を抜かしていたな。今度の役人はどんな反応を見せるか、楽しみだ」

前を歩いている連翹が人の悪い笑みを浮かべる。

それを弦空が窘めた。

「そのように言うものではない。力のない者なら、式神に驚いて当たり前なのだから」

凜はこの数日間で式神についての知識を身につけていた。

式神は昔、とても強力な力を持つ術者が作ったものだという。全部で百体以上の式を作りその時々で使い分けていたそうだ。式神の本体は伊織のように一枚の札で、呼び出されない時は札の状態で眠っている。

しかし、術者ならば誰しもが全ての式神を呼び出せるわけではなく、札に触れて現れた式神のみを使役することが出来る仕組みになっていた。誰がどの式神を呼び出せるかについては、特に決まった法則はないそうで、術者と式神の相性次第らしい。

そのため、中には術者であっても式神を呼び出せない者もいる。そうした者たちは戦いの場では陣を書いたり負傷者の治療にあたったりといった後方支援を担当し、式神の札が破損した場合の修復なども担っている。

式神の札は、長い年月で傷んで使えなくなったものも多くあり、現在では半数ほどになっているそうだ。新たに式神の札の作成も試みているそうだが、今まで成功したことはないのだと弦空が言っていた。

そうしたこともあり、凜も含めて式神を使役している術者は三十人ほどらしい。

凜は役人が驚くほどの術者頭の式神が気になり、弦空に質問する。

「術者頭さんの式神って、なんの動物なんですか？」

「水龍だ。私たちは透き通った姿の水龍を美しいと感じるが、初めて目にする者はやや臆するようだな」

「水龍？　動物以外の姿をした式もいるんですね」

式神は通常、伊織のように動物の姿をしている。まだ見たことはないが、弦空の式神は鷹《たか》だと聞いている。空を飛ぶ式神は数が少なく、また今の術者の中で鳥類の式神を使役しているのは弦空のみだそうだ。

「通常は攻撃力の高い虎や狼《おおかみ》、獅子《しし》などの大型の獣だが、中には水龍のように神格の式神も存在している」

「へぇ、そうなんですね。連翹さんの式神はなんですか？」

「私か？　私は大蛇だ」

見てみるか？　と聞かれ、先日、林で毒蛇に遭遇して怖い思いをしたことが脳裏に蘇り、咄嗟に首を振ってしまった。

「蛇が怖いか。なら、私を怒らせるようなことはせぬことだな。私の大蛇は妖にも効く強力な毒を持っているから、うっかり噛まれたら大変だぞ」

ニタリと笑みを浮かべながら諭され、凜は表情を強張らせる。

すると会話を聞いていた弦空が「私の弟を揶揄《からか》うな」と間に入ってくれた。

「ははっ、冗談だ。いい子にしていれば大蛇に襲われる心配はない。……それにしても、お主の式神はそのような可愛《かわい》らしい姿をしていて、本当に鬼を退治出来るのか？」

連翹が凜の抱いている伊織を見下ろす。

伊織が耳を立て連翹をじっと見つめた。

「私の力を侮っているのか？」

腕の中で伊織が毛を逆立てる。

連翹はすぐさま首を振り、「まさか」と返した。

「何度も鬼を退治してきたという話は聞いている。ただ、どのように鬼と戦うのか、想像がつかないだけだ」

「そんなこと、お前に言う必要はないだろう」

「気位の高い式神だ」

連翹は愉快そうに口角を上げて笑んだ。

「黒猫の式の力ももちろんだが、光弦も強力な力を有しているようだな」

「僕、ですか？」

「そうであろう？　式神をこれほど長く具現化させていられるのだから」

「え？」

――具現化？

どういうことかわからず、困って弦空に視線で助けを求める。

「光弦は当たり前のようにやっているが、式神を出現させるには多大な力を必要とするんだ。式神が大きければ大きいほど、力を消耗すると言われている。私や連翹の場合は、一刻出現させ続けるのさえ難しいくらいだ。小型の猫の式とはいえ、一度も札に戻すことなく出現させ続けているのは異例のことで、お前が強い力を有している証《あかし》だ」

「そうなんですか？　初めて聞きました」

弦空から渡された巻物や書物には、そのような情報は書かれていなかった。

伊織は猫だからこの姿で出歩いても驚かれないが、鷹や大蛇が里を出歩いていたら騒ぎになるから、皆式神を従えていないだけだと思っていた。

これが特別なことだと言われても実感出来ないが、また一つ式神について知ることが出来たのはよかった。

学んでも学んでも、知らないことはなくならない。

こんな状態で妖や鬼と戦うことが出来るのかと、不安になってくる。

「勉強不足ですね、すみません」

「いや、お前はよく頑張っている。筋はいいのだから、術も陣や札の書き方を覚えればすぐに扱えるようになるだろう」

弦空は優しく慰めてくれた。

その時、足音もなく背後から忍び寄ってきた男性に声をかけられた。

「このようなところで立ち話か？」

三人同時に振り返ると、この時代に来た時に会った、年配の男性……術者頭の姿がそこにあった。

弦空と連翹はすぐさま廊下の端に寄り、頭を下げる。凜も慌てて弦空の隣に下がった。

「先ほど先駆けが到着した。じきに神祀《じんぎ》官殿がいらっしゃる。くれぐれも粗相のないようにな」

「心得ております」

連翹がすぐさま返したが、術者頭は渋い顔になる。

「連翹か。療養から戻ったのだったな。身体がまだ回復しきっていないだろうから、お前は部屋の隅で大人しくしていろ」

「お気遣い痛み入ります」

術者頭は次に弦空に向かって告げた。

「弦空の鷹の式神を神祀官殿にお見せしようと考えている。用意しておくように。それと光弦も妖討伐の要を担っている。神祀官殿に紹介するから、そのつもりでな」

「わ、わかりました」

凜と弦空が了承すると、術者頭は最後にもう一度、連翹に向かって「くれぐれも余計なことは言わぬように」と念を押して先に広間へ向かっていった。

術者頭の姿が遠ざかってから、三人は頭を上げる。

「頭はずいぶんと神祀官に気を配っているな」

「視察ではなく、術者を取りまとめる頭のさらに上役として派遣されてくるらしいからな。噂では都での位も高く、従五位下《じゅごいのげ》とのことだ。公家の流れを汲《く》む家柄の子息らしい」

「それほどの位をいただいているなら、頭と同じ年代か？　頭の固い上役が増えるとさらに窮屈になりそうだ」

二人の会話に出てきた『従五位下』がどの程度の位置に属するのかよくわからなかったが、どうやら相当偉い人らしい。

そんな人の前で失礼なことをしでかさないか、不安になってくる。

廊下を進んでいくと、板の間の広間へ出た。一段高く作られた場所には畳が敷かれており、通常は術者頭が座る席のようだったが、今日は神祀官のために空けてあるようで、頭も板の間に座していた。

五十畳ほどの広々とした広間には、すでに四十人ほどの術者たちが集まっていた。

座る位置にも決まりがあるようで、弦空は前から二列目に、連翹は術者頭に言われた通り最後列の端に腰を落ち着ける。

凜は最前列の中央に座っている術者頭に手招きされ、神祀官に紹介する都合があるからか、彼の隣に座らされた。

広間にこれほどの人数が集まっているというのに、誰一人として言葉を発していない。静けさに包まれ、凜の緊張はいやがうえにも高まっていく。

しばらくして一人の男性が広間へやってきて、「神祀官殿が到着なさいました」と報告した。

廊下から足音が聞こえてくる。

広間と廊下を隔てている御簾の前に人影が見えたところで、一斉に術者たちが床に手をつき頭を下げた。凜も彼らに倣《なら》う。

御簾が上がる音がし、広間に足音と衣擦《きぬず》れの音が響く。

——この香り……。

最前列に座っている凜の元に、強い香の匂いが漂ってきた。神祀官が入室するとその匂いはさらに強くなる。

この時代の身だしなみとして、着物に香を焚《た》きしめる風習がある。

伊織が匂いを嫌がったため凜の着物には焚いていないが、弦空も傍に寄るとわかる程度の香の匂いがする。

焚く香は好みによって様々だが、これまで出会った人はいずれもいい香りだと思った。

ところが、新たに着任した神祀官の纏《まと》う香の匂いは強すぎると感じた。

適量ならいい香りなのだろうが、中庭側を開け放っている状態の広間中に漂っているのだ。

凜が強烈な匂いに顔をしかめていると、神祀官が着席したようで、付き添い人に顔を上げるよう声をかけられる。

面《おもて》を上げ檀上を見やると、そこには濃い紫色の狩衣を着た男性が座っていた。

烏帽子も被っているし、この時代の成人男性として恥ずかしくない装いだが、凜は違和感を覚える。

——あれ？　あの人、髪が……。

男性の場合、髪は頭上できつく結い、その上に烏帽子を被るのが通例だ。

凜は髪が短いため、千代女がどう頑張っても結うことが出来ず、せめてもと前髪だけは上げて烏帽子を被っている。

けれどこの神祀官は、後ろ髪は綺麗に烏帽子の中にしまってあるのに、黒々とした前髪だけは鼻梁《びりょう》の中ほどまで垂らしているのだ。そのため、瞳が髪で隠されてしまっていた。

前髪と香以外は都の貴族に相応《ふさわ》しい身なりのため、いっそうその二点が悪い意味で浮き立ってしまっている。

ついしげしげと眺めてしまい、それに気がついた後ろの列に座っている弦空に背中を小突かれた。凜は不躾《ぶしつけ》に見つめてしまったことに気づき、そっと視線を伏せる。

広間はシンと静まり返り、神祀官の言葉を皆が待っていた。

神祇官は広間を見渡した後、なぜか傍に控えている付添い人を呼び寄せる。そして彼に何か耳打ちしたかと思うと、付添い人が彼の言葉を代弁し始めた。

「神祀官殿のお言葉をお伝えいたします。『神祀官の明満《あきみつ》である。妖の討伐のために、これまでよりもいっそう修練を積みお役目達成のために励むように』」

言葉を聞き終わると、術者たちが一斉に頭を下げた。

次の言葉をその場の皆は待っていたが、明満は立ち上がり、広間を出ていってしまう。

凜だけでなく隣の術者頭も呆然《ぼうぜん》としていたが、すぐに我に返ったようで、慌てて明満を追った。

「神祀官殿、お待ちを。これより術者の紹介をさせていただき式神をお見せいたします」

明満は背を向けたまま、付添い人に耳打ちする。

付添い人は「神祇官殿のお言葉をお伝えいたします。『辞退いたす』とのことでございます」と返した。

一瞬広間にざわめきが広がったが、それを気にも留めずに明満は廊下に出る。

「神祀官殿、お待ちくだされ！」

術者頭がその後を慌ただしく追いかける。

残された術者たちは互いに顔を見合わせ、小声で何やら相談しているようだった。

ただならぬ気配に凜がどうしたらいいのか戸惑っていると、後方の席からやってきた連翹が凜と弦空に声をかけた。

「これで今日の務めはしまいだろう。私は館へ戻る」

「頭の指示があるまで待つべきではないか？」

「神祀官殿のご機嫌取りで手一杯だろう。どうやら神祇官殿はかなり気位が高いお方らしい。我らのような妖と戦う野蛮な連中とは親しくしたくないようだ。術者頭がなんと言おうと、今日はもう戻ってはくるまい」

「しかし……」

「どうするかは自由だ。私は一言挨拶にきただけ。ではまたな」

迷う弦空を残し、連翹は広間の外で待機していた下男を呼び寄せ、手を引いてもらいながら部屋を出た。

その姿を見送り、弦空は思案するように腕を組む。

「さて、どうしたものか」

「どうもこうもあるまい。私はここを出るぞ。臭くてかなわん」

伊織が鼻の頭に皺を寄せている。

弦空は引き留めようとしたが、伊織は術者たちの間をすり抜け出入り口へと向かう。

「あっ、伊織っ」

「私は一人で戻れる。お前たちは好きにするといい」

そう言い置き、伊織は御簾の隙間を通り抜けて廊下へ出ていった。

凜は困り顔で弦空を見やる。

弦空はため息をこぼし、「黒猫の式神が優先だ。行きなさい」と返してきた。

凜はペコリとお辞儀をして、伊織の後を追いかける。

廊下にも明満の残り香が濃く漂っており、これほど強い匂いならどこにいても明満の居場所がわかりそうだな、と頭の隅で思った。

「伊織、僕も一緒に帰るよ」

「いや、私は先に帰る。この臭いの立ち込める場所に一刻もいたくない」

伊織は玄関から飛び出ると停まっている牛車の屋根を伝い、敷地を取り囲んでいる板壁に飛び移った。

「伊織！」

猫の姿をしている伊織は人様の敷地を歩いていても咎《とが》められないだろうが、さすがに凜まで塀を乗り越えていくわけにもいかず、一本道を歩き始める。

この道にも微《かす》かに香の匂いが漂っていた。

「お香が強すぎる気がするんだけど、あれが都流なのかな？　でも、伊織が嫌がるから、少し匂いを抑えてくれるとありがたいんだけど……」

伊織は匂いに敏感だ。

明満の香がよほど苦手らしいから、今後、彼がいる場所には同席出来ないかもしれない。しかし本人に匂いがきつすぎるなどと言うのは失礼だろう。

「外なら風上に立てば大丈夫かな？」

凜は匂い対策を練りながら歩き、隠し戸を抜けて目くらましの屋敷の庭を通って、表の道に出る。

左右を見渡し、そこではたと気づいた。

「……どっちから来たんだっけ？」

牛車で帰るつもりだったから行きに道を覚えてこなかった。どちらから来たのかさっぱりわからない。

「確か……こっち、だよね？」

途中、人に道を尋ねながらなんとか館にたどり着いた。

館にはまだ伊織の姿も弦空の姿もなく、千代女が出迎えてくれた。しかし、千代女は凛の近くに寄ると顔をしかめ、そっと着物の袂で顔を覆う。

「……もしかして、匂いますか？」

「ええ。ずいぶん強い残り香でございますね」

「ちょっとお香を強く焚いてる人に会って……。あの、この匂いは取れますか？　伊織が嫌がるんです」

「風にさらしてみましょう。ですが、すぐには取れませんよ」

替えの着物は何枚かある。

凛は別の着物に着替え、この匂いを千代女になんとかしてもらうことにした。

部屋へ行き、葛籠を開ける。

「あ、これ……」

一番上に置かれている着物を手に取り、思い出した。

「結局あれから雪雅さんに会いにいけてない……」

雪雅と会ったのは三日前。

翌日、さっそく助けてもらった礼をしにいこうと考えていたのだが、足の痛みが引かずに断念した。

今はもうすっかり腫れも痛みも引いているので、長距離を歩けそうだ。

凛は雪雅に会いにいこうと思い立ち、水干に袖を通すと狩衣を千代女に渡し、草履を履いて館を出た。

三日前と同じ道をたどり、里の門を抜け背丈の高い草を掻き分け歩いていくと、ようやく林が見えてくる。

その時、どこからか声が聞こえて凛は足を止めた。

――泣き声？

子供が泣いているような声が聞こえた気がして周囲を見渡すが、草原の中に凜の他に人影はない。

空耳だろうか、と再び歩き始めようとして、またも泣き声が聞こえてきた。

耳を澄ますと、凜のいる位置より西側から聞こえてくる。草を除けて進むと、ようやく声の主を発見することが出来た。

草むらの中でしゃがみ込み、顔を覆って泣いている子供。

髪を垂らし、朱色に黄緑色の毬の模様の入った袿《うちぎ》姿をしていることから女の子のようだ。

女の子は袖で顔を隠しながら泣いており、凜に気がついていない。

――どうしてこんなところに……。

身なりから推測するに、この子は良家の子女だろう。動きづらい袿姿でこのような場所になぜ一人でいるのか。

訝しく思いながらも、放っていくことも出来ずに、凜はそっと女の子に声をかけた。

「こんなところで、どうしたの？」

「ひゃっ」

女の子が飛び跳ねるように身体を揺らす。

恐る恐るこちらを振り向いた顔は、泣きすぎて目が赤く腫れていた。

「だ、だれ……？」

「僕は凜。どうして泣いているの？」

「わたしはアオ。父様とはぐれちゃったの」

凜はしゃくり上げるアオに近づき、膝をついた。

涙と鼻水でぐしゃぐしゃになった顔を、手ぬぐいで拭いてやる。

「里の子？　家がどこにあるかわかる？」

「あっち……だと思う」

アオは林の方を指さす。

雪雅は林の近くに住んでいると言っていた。この子のことも知っているかもしれない。

「ちょうどよかった。僕もあっちに用事があるんだ。家まで送っていくよ」

手を差し伸ばすと、アオはしばし考えてから小さな手の平を重ねてくれた。

背丈は凜の腰くらい。十歳になっていない程度だろうか。こんなに小さい子が何もない場所で一人で親を待ち続けていたなんて、さぞかし心細かっただろう。

凜はギュッと手を握り返し、林を目指して歩き始めようとした。

しかし、アオが着ているのは室内用の裾を引きずる形の着物のため、草原の中を歩くのは大変そうだった。

凜はアオの前にしゃがみ込むと、背中におぶさるよう言った。

「その格好じゃあ歩きづらいよね。おんぶするから、背中に乗って」

アオは躊躇《ちゅうちょ》していたが、着物を汚すのが嫌だったようで凜に身を預けてくれた。

アオを背負って草原を抜け、林の手前までやってきた。

「この林に見覚えはある？」

「うん。ここを通ってきたわ。あっちから来たの」

林の前で尋ねると、記憶が蘇ってきたのかアオが奥を指さした。

この間は伊織を探していたので周囲を観察する余裕はなかったが、こうして改めて見てみると、深い紅色をした花がそこかしこに咲いており、それらがまるで一本の道筋を作るように林の奥へと続いていた。

アオはその花に彩られた道をたどるように行き先を示している。

人の手が入っていない林だと思っていたが、迷わないように誰かが植えたのだろうか。

そんなことを考えつつ進んでいくと、上の方から鳥が羽ばたく音が聞こえてきた。

――鳥……？

空を仰ごうとした次の瞬間、突如背中の重みが消え、目の前に何かが降り立った。

「わ⁉」

凛が反射的に足を止めたのと同時に、強い力で突き飛ばされる。予期していない事態に受け身も取れずに尻餅《もち》をついてしまった。

――何⁉

状況が飲み込めずにいると、木洩れ日を遮るように何者かが立ちふさがった。

「貴様、我らが見えるのだな？　我が娘をかどわかしてどうするつもりだったのだ！」

「か、かどわかす……？」

聞きなれない単語に視線を持ち上げると、そこにはアオを右手に抱えた大柄な男が立っていた。

「あ、もしかして、アオちゃんの……」

そこまで言い、ハッとした。

修行僧のように白色の狩衣を着て、頭には烏帽子ではなく手ぬぐいを巻いた男性。顔や手は人間と変わらぬ形をしているのに、背中には黒々とした大きな羽根を生やし、鳥のような足をしていた。

凛は驚きすぎて言葉を失う。

瞬《まばた》きすら忘れて男性を見つめていると、彼はアオを下ろし、凛との距離を詰めてきた。

「質問に答えぬか！」

「ひっ」

恫喝《どうかつ》され、眼前に竿《さお》のように長い木の棒を突きつけられた。

凛は身体を慄かせ、硬直する。

「人の子よ、何が目的だ⁉」

「も、目的って、僕はその子を家まで送っていこうとしただけで……」

「我ら妖の住処に攻め込むつもりだったのか!?」

——やっぱり妖？

凜はこれまで黒い靄や影のような妖しか見たことがない。

しかし、この時代の絵巻物の中の妖は、いずれも具体的な特徴を捉えた姿が描かれていた。

——これが妖の本来の姿なんだ……。

でもなぜ急にこんなにも鮮明に妖が見えるようになったのだろうか。

言葉を失っていると、羽根を持つ妖はいきなり棒を振り下ろしてきた。

「わぁっ」

なんとか身体を捻って避《よ》けたが、それが羽根の妖をさらに苛立たせてしまったようだ。怒りの形相で再び棒を振り上げる。

——逃げないと……！

凜は立ち上がり、その場から駆け出す。

「待たぬか！」

怒号が背後から飛んできたが、振り返らずに必死で走る。

羽根の妖はあの足では速く走れないのか、空を飛んで追いかけてきているのが羽音で察せられた。

親とはぐれた子供を助けただけなのに、なぜこのようなことになってしまったのか。

この状況に疑問を抱きつつも、捕まらないようにひたすら木々の間を駆け抜ける。

しばらくすると、羽音が聞こえなくなっていることに気づいた。

——よかった、逃げ切れたみたいだ。

凜はため息をこぼし、乱れた呼吸を整える。

「どこだ！　出てこい！」

しかし休憩しようとしたところで、上空から羽根の妖の声が響き渡った。

凛は息を潜め、身を固くする。

相手はまだ諦めていないようだ。

――とりあえずどこかに身を隠そう。

そう思い立ち、踵を返した時だった。

いきなり口を塞がれ、脇にある茂みに引きずり込まれた。

――妖!?

ついに捕まってしまったかと心臓が凍りつく。

身の危険を感じて手足を動かし抵抗するが、ズルズルと奥へ奥へと引きずられ、小さな洞窟へと引き込まれる。

いよいよ恐怖心が高まり、凛は力の限りの抵抗を試みる。すると口を塞がれたまま、背後から抱き込まれてしまった。

――もう、だめだ……っ。

覚悟を決めた時、頭上から潜めた声音が落ちてきた。

「しっ。静かに」

その声は自分を追う羽根の妖のものとは違っていた。

どこかで聞いたことのある声。

――もしかして……。

振り返ると薄暗い洞窟の中、白い髪に鬼の面をつけた人物が、口に人差し指をあてているのが見えた。

「雪雅さん……」

「まだ近くにいる。声を出さぬように」

雪雅に注意され、凛は両手で自分の口を押さえる。

そのまま息を潜めていると、茂みの近くの空から羽音が聞こえてきた。

凛を探し回っているようで、「どこにいった!」と声を張り上げながら辺りを飛び回り、やがて羽音は遠ざかっていった。

耳を澄まし、完全に声と羽音が聞こえなくなってから、凛は強張っていた身体から力を抜き、長く細い息を吐き出した。

「……助けてくれて、ありがとうございます」

雪雅の腕の中から抜け出し、凜は礼を告げた。声が震えている。まだ先ほどの緊張が解けきっていないようだ。

「なぜ追われていたのだ？」

雪雅の質問に、凜は俯《うつむ》いてしまった。

「林に来る途中で、泣いている女の子を見つけたんです。家まで送ってあげようと思って、おんぶして林に入ったら、さっきの人……妖に、子供をさらったと誤解されてしまって……」

「妖の子だと知って連れてきたのか？」

「いいえ、人間の子供だと思ってたんです」

あの着物の下には、先ほどの妖と同じように鳥の足が生えていたのだろうか。羽織った打掛《うちかけ》の下にも、羽根が生えていたのだろうか。

今となっては確かめようがないが、これまでは影でしかなかった妖があのように鮮明に見えたのだから、人間と見間違っても仕方ないと思えた。

——妖はあんな姿をしてたのか……。

全ての妖があのように人に近い姿をしているのなら、妖か人間か見分けがつかないかもしれない。それとも何か決定的に区別する方法があるのだろうか？

凜がそんなことを考えていると、雪雅が静かに問いかけてきた。

「……もしあの子が初めから妖だとわかっていたら、お前は声をかけなかったか？」

「へ？」

「妖だったとしても、同じように親切にしたか？」

草むらの中で一人泣いていたアオの姿を思い出しながら、凜は答えた。

「……たぶん、同じように声をかけたと思います」

「怖くはないのか？」

「さっきの大人の妖は急に襲ってきたから怖かったですけど、アオちゃんは人間の子供と変わらなかったですし、泣いている子を放っておくことは出来ません」

「……親切心でしたことを誤解され、不快だったろう？」

「あれは誤解されても仕方なかったと思います。見ず知らずの男が自分の子供をおんぶしてたら、親だったら心配して当然です」

凜がそう告げると、雪雅は面の奥の赤い瞳を細めた。はっきりと表情は読めないが、どことなく緊迫した空気が和らいだように感じる。雪雅も妖と遭遇して緊張していたのかもしれない。

「人が皆、凜のようだったら争いなど起こらないだろうに」

「え？　なんです？」

小さな呟きをよく聞き取れなくて尋ね返したが、雪雅は緩く頭を振った。

「なんでもない。……ところで、今日はなぜここに？」

「約束したじゃないですか。また会いにくるって」

それ以外に凜がここを訪れる理由はない。

「……まさか本当に来るとは思っていなかった」

信じられない、と言いたげな口調に、申し訳なさが募る。

「すみません、すぐに会いにこれなくて……。足の腫れがなかなか引かなくて、遅くなってしまいました」

「気にせずともよい。たった数日のことだ。こうして約束を忘れずに私に会いにきてくれただけでいい」

「でも、待ってたんじゃないですか？」

妖に追われている時に助けてくれた。すぐに見つけてくれたのだから、雪雅は初めて会ったここへ足を運んで凜を待っていた気がする。

雪雅の反応を窺うと、彼は面の奥で小さく笑い声を立てた。

「鋭いな。お前の言う通り、毎日ここで待っていた。こないだろうと思っていたが、来るかもしれないという希望を捨てきれなかったんだ」

約束をしたのに、なぜこないと思ったのだろうか。凜は不思議に感じた。

「もういいだろう。ここを出るぞ」

雪雅は凜の手を取り、洞窟を出る。林の中は静寂を取り戻していた。

雪雅は茂みを抜け開けた場所に出ると、こちらを見ずに告げた。

「……あの後、聞いたのではないか？　ここに妖が出ると。だから妖を恐れ、もうこないと思ったんだ」

確かに弦空から再三言われた。

この林は妖の住処である静山に通じていると。そのため、妖がたびたび出没すると教えられた。

けれど、今まで凜が出会った妖はこちらに危害を加えてきたことはなく、もし妖を目にしても逃げればいいと思っていたのだ。

それがまさかあのようにはっきりとした姿で、なおかつ追われることになるとは思ってもみなかったが……。

「雪雅さんこそ、妖が怖くないんですか？」

雪雅はこの林の近くに住んでいると言っていた。里の者よりも妖に遭遇する機会が多いだろう。林に立ち入ることを躊躇わない雪雅を、凜は不思議に思ってしまう。

そこで唐突にある可能性が思い浮かんだ。

――まさか、やっぱり雪雅さんも妖……？

先ほど人と大きく変わらぬ姿をした妖をはっきりと目にしたことで、雪雅もそうなのではないかと疑惑がわいた。

凜は雪雅を警戒し、やや距離を取る。

先ほど羽根の妖に襲われたことで、やはり皆が言っているように妖は凶暴で危険な者だと思い、警戒心が芽生えた。

雪雅はゆっくりとこちらを振り返る。

「妖が怖い、か……。さあ、どうだろうな。考えたことがない」

それはどういう意味なのだろうか。

雪雅の様子を窺っていると、彼が続けた。

「私はこの近くに住んでいると言っただろう？　人よりも妖を見ることの方が多いんだ。私にとっては妖の方が人よりも身近な存在と言えるな」

雪雅はそこでいったん言葉を切り、顔につけている鬼の面に手をかけ、そのまま横にずらした。

凛は面で隠されていた彼の素顔を初めて目にし、息を飲む。

――綺麗……。

見られたのは顔の左半分だけで全てではないが、それでも彼の顔立ちがとても整っていることは十分わかった。

透き通るほど白い肌、太陽の光を反射して光る白銀の髪、それらが赤い瞳の美しさを際立たせていた。

女性的な華やかさと男性的な力強さが融合し、双方の優れた部分を抽出したかのような美しさ。

雪雅が男性だというのは一目見ればわかるが、それでも率直に綺麗だと感じる容貌をしていた。

言葉を失った凛に、雪雅は面をずらしたまま問いかけてくる。

「凛、お前の目に、私はどう映る？」

雪雅の口角が緩く持ち上がる。挑発的な笑みをどこか痛々しく感じた。

彼はきっと凛が何を疑っているか悟っている。だから面をずらし、素顔を見せてこんなことを質問してきた。

凛は頭に浮かんだままを口にする。

「とても綺麗だと思います」

お世辞抜きに、綺麗だと思った。

赤い瞳と白い髪が相まって、神秘的な美しさを感じた。

正直な感想を述べたのだが、なぜか雪雅の顔から笑みが消える。意表を突かれたように目を軽く見開き、そして噴き出した。

「ははっ、まさかそのような答えが返ってくるとは」

肩を揺らして笑われ、顔に朱が走る。

――男の人に、綺麗って変だったかな……。

「綺麗」というのは、女性への賛辞であって、年上の男性に使うのは適切ではなかった。

「綺麗、か。人にそのようなことを言われたのは初めてだ」

雪雅の穏やかな顔に不快感は滲んでいない。

――そうか、雪雅さんは……。

雪雅はその特異な容姿ゆえに人里離れた場所に住んでいると言っていた。何もしていないのに、人とは違う姿をした雪雅を見た者は皆逃げていくとも聞いた。

だから面を被り、素顔を隠しているのだと……。

雪雅のこれまでの苦労を想像しただけで、凜の胸がツキリと痛む。

「凜、お前と話していると、自身の境遇を忘れられる。こんな私を綺麗だと言ってくれて、ありがとう」

そう言ってきた雪雅に、凜は先ほどから考えていたことを告げてみた。

「……あの、よかったら雪雅さんも里へ来ませんか?」

「私が里へ?」

雪雅が怪訝そうな表情を浮かべる。

「雪雅さんも妖が見えるんでしょう? なら、術者になれる力を持っていると思うんです。力があるなら、里の皆も受け入れてくれると思います。だから

僕と一緒に行きませんか？」

確かに彼の容姿は人目を引く。

けれど、彼にも先ほどの羽根の妖は見えていたようだったし、もしかしたら一緒に妖と戦えるほどの力を持っているかもしれない。

力があるのなら、里の者も受け入れてくれる気がする。容姿なんて最初だけ珍しがられるだけで、慣れてしまえばあまり気にされないのではないか。

他の集落の中では浮いてしまうかもしれないが、術者たちの里なら力のある仲間として歓迎される。

そうすれば、雪雅は凜以外の人とも知り合え、言葉を交わすことが出来るだろう。寂しい思いをしなくてすむ。

互いのためにもいいと思い、凜は提案してみた。

すると雪雅は驚いたように目を瞠《みは》った後、「ありがとう」と言ってくれた。

「私のことを気にかけてくれたのか。けれど、私は里で暮らすつもりはない」

「え、なんでですか？」

「ここが好きだからだ。生まれ育ったこの場所が」

本人にそう言われてしまっては、強く誘えない。

せっかくいい案だと思っただけに残念だったが、雪雅の気持ちが第一だ。強制は出来ない。

「……わかりました。でももし気が変わったらいつでも言ってくださいね」

「ああ。だが、その気持ちだけで嬉しい」

雪雅が嬉しそうに微笑んだ。

その笑顔はやはりとても美しく、目を奪われてしまう。

「この顔が気に入ったか？」

「え？　ええ……」

凜が頷き返すと、雪雅が「そうか」と言って笑みを深める。

「なら、これからお前と会う時は面をこうしてずらしておこう」

綺麗すぎて緊張してしまう気もしたが、恐ろしい形相の鬼の面よりは素顔の方がずっといい。

「ありがとうございます」

凛の言葉に雪雅も頷き、そして空を見上げた。

「日暮れが近づいてきたな。今日はここまでだ」

妖に追いかけられたりして、雪雅と会うまでにずいぶん時間が経過していたようだ。太陽がだいぶ西に傾いている。

「送っていこう」

雪雅に促され、歩き出す。

雪雅は道中咲いている草花の名前を教えてくれ、穏やかで楽しい一時《ひととき》を過ごすことが出来た。

「ここまででいいのか？」

「はい。ここからなら一人で帰れます」

林を抜けたところで凛は雪雅に別れを告げる。

彼は少し名残惜しそうな顔をしていたが引き止めてくることはなく、鬼の面を被り直した。

「またな、凛」

「ええ。また会いにいきます」

凛は林の前に佇《たたず》む雪雅に手を振って踵を返す。

背の高い草むらに入ってから気になって振り向くと、雪雅はまだその場に立っていた。

凛がもう一度手を振ると、雪雅も小さく手を振り返してくれる。

それがなぜだかとても嬉しくて、凛は大きく手を振った後、里への道を歩き出した。


凛は今日の分の書物全てに目を通し終えると大きく伸びをする。

音読してくれていた伊織も机から飛び降り、身体を伸ばした。

「伊織、ありがとう」

「そろそろ自分で読めるようになってもらわないと困る。凜に必要なのは術者としての勉強より、読み書きだ」

伊織は身体をブルブルと震わせ、屛風の向こうへと消える。横になって休むようだ。式神は睡眠を必要としないそうだが、伊織は眠らずとも横になって身体を休めるのが好きらしい。

他の式神を見たことがないから比べられないが、ずっと猫の形をしているから疲れるのかもしれない。

御簾ごしに空を見上げてみると、太陽はてっぺんから少し西側に位置していた。まだ日暮れまでは時間がある。

凜は伊織の様子を窺う。伊織は自分の前脚を枕にし、目を閉じて寝そべっていた。

凜は葛籠の中を探り水干を引っ張り出し、そっと机の前に戻った。

——今からなら少し話せる。

手早く水干に着替え、昼に千代女が持ってきてくれた煎餅《せんべい》を紙に包み懐に入れた。

この時代に来てすでに十日が過ぎている。

なかなか機会がなくて二度目に会った後、足を運べていなかったが、早めに今日の分の書物を読み終わったから、雪雅に会える。

三度目ともなるともうすっかり道も覚えており、里を出て迷うことなく林へ到着する。

「あれ？　あそこにいるのは……」

凜は林に立ち入ってすぐに、十メートルほど先の大木の根本に誰かが立っていることに気づいた。

一瞬、先日の妖かと身構えたが、その小さな人影に心当たりがあって名前を呼んでみた。

「えっと……、アオちゃん？」

即座に人影がこちらに目を向ける。

やはり先日出会ったアオだった。

ただ、アオはこの間の鮮やかな朱色の袿姿ではなく、千代女と同じような地味な色合いの動きやすい格好をしていた。

アオは凜を確認するとこちらに走ってくる。

前回は裾で隠されていた足が、今日は露になっていた。

――やっぱりこの子も妖なのか。

鳥と同じ細長い指のついた足につい目をやると、その視線に気づいたアオが立ち止まった。悲しそうな顔をして、凜の反応を窺っている。

その表情を見ると胸が痛み、凜は彼女に微笑みかけた。

「また会ったね。この前とずいぶん違う格好だから、一瞬誰だかわからなかったよ」

凜が話しかけるとアオはホッとした顔をしてゆっくりこちらにやってきた。

近くに来ると、背中の膨らみが見て取れる。おそらく翼を着物の下にしまっているのだろう。時折窮屈そうにモゾモゾと動いていた。

「今日はどうしたの？　またお父さんとはぐれちゃったのかな？」

「違うわ。待ってたの」

「僕を？」

アオがこっくりと頷く。

そしてモジモジしながら言いづらそうに口を開いた。

「謝りたくて、ずっとここにいたのよ。……わたしを助けてくれたのに、父様がごめんなさい」

ペコリと頭を下げて謝罪するアオを見て、凜は驚いてしまう。

あれは誤解から起こったことで、凜にも悪いところがあった。すぐに事情を説明すればあんなことにはならなかったと思うが、あの時は初めてはっきり妖を目にして怯んでしまい、その態度を不審がられたから起こったこと。

アオがあの一件をずっと気にしていて、ここで自分が訪れるのを待っていてくれたかと思うと、もっと早く来ればよかったと思わずにいられない。

「わたしね、父様にきちんと説明しようと思ったの。でも、父様聞いてくれなくて……」

凜は膝を折り、アオと目線の高さを合わせた。

「仕方ないよ。僕もびっくりして説明出来なかったのが悪かったんだし。気にしないでいいから」

アオが不安そうに視線を揺らしながら聞いてきた。

「……怒ってない？」

「うん」

凜が即答すると、アオの顔に笑みが広がる。

ずっと心に引っ掛かっていたのだろう。

「これ、なんの匂い？」

アオが鼻をひくつかせ、凜の胸元に顔を埋《うず》める。

「え？　ああ、これの匂いかな？」

凜は胸元を探り、紙に包んだ煎餅を取り出す。

アオは煎餅に鼻を近づけクンクンと匂いを嗅いでいた。

「これは何？」

「お煎餅だよ。食べたことない？」

「ない。……どんな味なの？」

アオはとても食べたそうな顔をしている。食べたいけれどじっと我慢しているようだった。

凜はそんなアオを可愛いなと思い、包み紙を開いて煎餅を一枚渡した。

「一枚あげる。食べてみて」

「いいの!?　ありがとう！」

花が綻ぶような笑みを浮かべ、アオが両手で煎餅を受け取る。

けれどなかなか口に運ぶことはなく、大事そうに手に持ったまま時折裏返したりして眺めていた。

「食べていいのに」

「食べたらなくなっちゃうもの。もう少し取っておくわ」

アオの様子を微笑ましく見守っていると、急に彼女の顔から笑みが消えた。

じっと林の奥を見つめ、神経をそちらへと集中している。

「どうしたの？」

凛もアオが見ている方に視線を向けると、垂れた木の枝を払いながら人影がこちらへ向かってくるのが見えた。

背が高く、紅色の着物を羽織ったその人物は口を大きく開けた憤怒の表情を浮かべている。

「あ、雪雅さん」

凛が手を振ると、雪雅が気持ち足取りを速めた。

「凛、やはりお前だったか。話し声がするからもしやと思って様子を見にきた」

雪雅は凛の前に立ち面の奥の瞳を細める。すぐに凛の背後にいるアオに気づいたようで、そちらへと視線を移した。

「その子は……」

「この間の子です。僕を待っててくれたらしくて」

「凛を？　なぜ？」

雪雅の視線はアオに注がれている。

彼らしくない固い声音を聞き、凛はアオが妖だということを思い出した。

「あの、この子は妖ですけど、いい子なんです。この間のことを謝るために僕を待っててくれて……。まだ子供ですし、人に危害を加えることはないと思います」

凛は慌ててアオが危険ではないことを説明する。

それでも雪雅はまだピリピリとした空気を纏ったままだった。

そしてアオも、いきなりもう一人人間が現れたことに驚いたのか、瞳を丸くして硬直している。

「アオちゃん、この人は雪雅さん。人間だけれど、とても優しい人だよ」

そう伝えると、アオはゆっくりと瞬きをし、唇を動かした。

「どうして、こんなところに……」

「雪雅さんはこの林の近くに住んでるんだよ。僕は雪雅さんに会いにここに来たんだ」

この林は静山へ続いている。普段滅多に人は立ち入らないそうだから、二人の人間に出会ってアオは戸惑っているのだろう。

雪雅も子供とはいえ妖と共にいる凜に驚いているようだった。

凜にとって、雪雅もアオも、この時代で自分に優しくしてくれた二人。妖と人間という種族の違いはあれど、それだけで敬遠し合ってほしくなかった。

「雪雅さんと一緒に食べようと思って、お煎餅持ってきたんです。せっかくだから三人で食べましょう」

アオが雪雅を見上げる。

雪雅はフッと息を吐き出した。

「……そうだな。三人で食べようか」

雪雅の表情が和らいだことで安心したのか、アオは遠慮気味にコクリと頷く。

「川辺で食べるとしよう」

雪雅に案内され、以前捻った足を浸けてもらった川へと移動する。

まず凜が大きな岩に登り、次に雪雅がアオを抱えて登ってきた。

アオはまだ固い表情をしていたが、両側に凜と雪雅が座り、三人で並んで煎餅を食べているうちに、次第に緊張が解けてきたようだ。

煎餅を食べ終わる頃には最初の緊迫感が嘘のように消え、笑顔で言葉を交わすようになっていた。

気がつくと川がオレンジ色に染まってきていた。夕暮れが近づいている。

凛は残念に思いながらも、里へ戻るために立ち上がった。

「そろそろ帰ります」

「もう帰っちゃうの？」

すかさずアオが凛の着物の袖を引っ張り、寂しそうな瞳を向けてきた。

「日が落ちるまでに里へ戻らないといけないんだ」

「そう……」

背中を丸め肩を落とすアオがかわいそうになり、凛は次の来訪を口にする。

「また近いうちに来るから」

「約束してくれる？」

「うん、約束」

アオの顔に笑みが戻った。

「次は魚を釣ろう。釣り竿を作っておく。三人分な」

雪雅もそう言ってアオを宥めてくれ、彼女はようやく袖から手を放した。

「林の出口まで送る。アオも共に行くか？」

「うん！」

すっかり打ち解けた二人が凛を送ってくれることになった。

「またね！」

そう言って見送ってくれるアオに手を振る。アオは不思議そうな顔をしていたが、雪雅が手を振り返したのを見て、彼女も頭上で両手を大きく振ってくれた。

二人に別れを告げ、里を目指して歩き出す。

「次は魚釣りか。釣れるといいな」

今しがた別れたばかりだというのに、もう次に会う日が待ち遠しくなってきていた。

里の人々は誰しも凛に優しい。

特に兄の弦空は実の両親と生まれてすぐに離ればなれになってしまった凛を不憫《ふびん》に思ってか、食事の時などに父や母のことをよく話して聞かせてくれる。

昨日も父が着ていた着物の中から一番若々しい色合いのものを、凜のために仕立て直すよう千代女に頼んでいた。

弦空はたくさんの思い出を凜に持たせて、送り帰そうとしてくれているようだった。

そして凜も弦空から実の両親の話を聞いているうちに、顔も覚えていない父と母を少しずつ慕っていくようになった。

兄だけではなく、千代女も延正も、術者たちも、皆親切にしてくれる。

それはとてもありがたいことだけれど、時々、術の勉強をしている合間に考えてしまうことがあった。

——優しくしてくれるのは、伊織がいるから……？

鬼を退治出来る唯一の式神である伊織が凜の傍にいるから、自分もついでに大切にされているのか？と。

里の皆は凜を、鬼を退治する伊織を使役している『光弦』として見ている。

自分自身をきちんと見てもらえていない気がして、凜は孤独を感じることがあった。

——でも、雪雅さんとアオちゃんは違う。

凜が何者か、詳しくは知らない。

素性を知らなくとも、親しくしてくれる。

二人の前でなら『蒔田凜』でいられる。自然に笑うことが出来るのだ。

「……見えてきた」

前方に里を囲む塀が見えた。

堀にかかっている橋へ向かうと、一台の牛車がちょうど渡り始めるところだった。日暮れ前に里へと戻ってきたようだ。

先を行く牛車との距離が縮まるにつれ、強い香の匂いが鼻をついた。

——この香は……。

この強烈な香りは忘れようがない。

先日、里に着任した明満の纏っていた匂いだ。

——この牛車、明満さんが乗ってるのか。

里の外へ何か用事があったのだろうか。

まだ勉強中の身で集会所へもあれきり顔を出していない凜は、術者たちの仕事内容をよく知らない。術者を取りまとめる神祇官である明満がどういったことをしているのかも知らなかった。

明満の牛車は他の術者たちと比べて豪華で派手な模様が描かれている。都から来た貴族だからか、凜の目から見てもあか抜けているように感じた。

——気づかれないよね……？

一度集会所で会っているとはいえ、明満は挨拶をしてすぐに退室した。

最前列に座っていたけれど凜の顔は覚えていないだろう。もし覚えていてもあの時は狩衣に烏帽子姿、今は童子が着る水干姿だから、同一人物だとは思わない気がする。


牛が引く牛車の動きは遅く、明満が渡りきるのを待っていると日暮れに間に合わない。

凜は牛車の横を小走りで通り抜け、橋を渡り終える。

そのまま門をくぐり中へ入ろうとしたのだが、背後から呼び止められた。

「その者、待て」

他に周囲に人はおらず、自分が呼ばれたのだと思い凜は立ち止まる。

おずおずと振り返ると、車の御簾ごしに人影が動くのが見えた。

牛車の前方の御簾は下げられているため、そこにいる人物の姿ははっきり見えない。しかし、牛車の横を歩いていた従者が、先日集会所で目にしたように、御簾の内側の人物の声を聞き、代弁している様子を見て、やはり明満が乗っているのだと確信する。

明満の言葉を聞き終わると、従者の男性が凜に告げる。

「車の近くへ寄れ」

「……え？」

「早く寄らぬか！」

「は、はいっ」

従者に急《せ》かされ、牛車に駆け寄る。

従者が御簾を軽く持ち上げ、そこから顔を覗くよう指示される。

凛はわけがわからないまま、言われた通り御簾の隙間に顔を入れた。

——う……、匂いが……。

御簾の内側には香の匂いが充満していた。そちらに気を取られた一瞬の隙に、明満がいざって顔を近づけてきた。

いきなり近寄られ反射的に身を引くと、胸倉を摑まれた。

——な、何!?

明満が至近距離で鼻をひくつかせる。その直後、顔を袖で覆い、凛と距離を取った。

「……臭い」

「はい？」

「お主、誰と会っていた？」

初めて明満に直接話しかけられたが、どこか聞き覚えのある声のように思えた。

明満の声色に気を取られて質問に答えずにいると、断言するように言われた。

「妖と会っていたのではないか？」

ギクリとして顔を強張らせる。

——どうしてわかったの？

凛の心の声が聞こえたかのように、明満が告げてきた。

「私は鼻がよいのだ。妖の匂いを嗅ぎ分けることが出来る。そしてお主からは妖の匂いがしている」

背筋を冷たい汗が伝っていく。

この時代、妖は人間の大敵だ。

特にこの里は、妖を殲滅するために作られた術者の集落。

そこに責任者として着任してきた明満も、妖を敵視しているはずだ。

「ま、まさか……」

凜はなんとか誤魔化そうとしたが、明満の前髪の奥に隠された瞳から鋭い眼光を感じ、言葉を途切れさせてしまう。

――この人、何者……？

声を荒らげずとも感じる圧力。

嘘をつくことなど到底許されないような気迫をひしひしと感じる。

とてもただの役人とは思えない。妖の匂いを嗅ぎ分けられるし、もしかしたら彼も何かしらの能力を持っているのかもしれない。

明満から只者《ただもの》ではない空気を感じ、息をすることすら出来ぬほどの圧迫感にただただ飲まれた。

「何か申さぬか」

「ぁ……」

「誤魔化すことは出来ぬぞ。正直に答えよ」

明満に詰問され、凜はたじろぐ。

――どうしよう……。

アオと会っていたことを言えるはずがない。

こうなったらこの場から走って逃げるしか道はない、と覚悟を決めた。

ところがその時、伊織の声が聞こえた。

「凜、そこで何をしている？」

伊織は尻尾をピンと立て、里の門をくぐってこちらへと歩いてくる。

「弦空がお前がいないと騒いでいる。早く館に戻れ」

「い、伊織……」

「どうした？　様子がおかしいな」

凜の視線が落ち着かないことに気づき、伊織が足元に座り見上げてきた。

「この鼻につく匂いは、あの男のものか？　その牛車に乗っているのか」

伊織が鼻の頭に皺を寄せ、車に目を向ける。

すると明満が扇で顔を隠し早口で言った。

「……もうよい。去れ」

「は、はいっ」

凛は伊織を抱き上げ、小走りで牛車から離れた。門をくぐり里の中へ入り、急いで館へと向かう。館の前まで来ると伊織を抱えたまま座り込む。

——助かった……。

アオのことを知られずにすんだ。

凛は安堵から長いため息を吐く。

すると腕の中で伊織が身じろぎし、真ん丸の瞳がこちらを見上げてきた。

「凛、あやつと何を話していた？」

「えっと……、どこに行っていたのかって聞かれて……。どうして？」

伊織は耳を伏せ、怪訝そうに鼻の頭に皺を寄せた。

「強い香の中に、妖の匂いを感じた。あやつには気をつけた方がいいかもしれん」

伊織が感じたという妖の匂いは、アオのもののような気がした。きっとあの強い香の香りに紛れてしまったのだろう。

けれど凛は伊織の勘違いを訂正することはしなかった。

伊織は式神。

それも鬼を退治することの出来る唯一の式。

鬼はもとより、妖を殲滅するために作られた存在なのだ。アオの存在を知られてはいけない。

凛は濡れ衣を着せられた明満に少々申し訳ない気持ちを抱きつつも、先ほど彼から不穏な気配を感じたこともあり、「わかったよ」と頷いた。

「光弦！　どこへ行っていた？」

ちょうどそこで館から弦空が出てきて、勝手に抜け出したことを咎められた。

「えっと……少しだけ、散歩に」

「不用意に里から外へ出てはならぬと言ったではないか」

ごめんなさい、と素直に謝る。

反省していることが伝わったようで、弦空はそこで話を終わらせた。

弦空と共に館の玄関へ向かう途中、凜は気になっていたことを質問した。

「あの、術者以外でも妖を見たりする人もいるんですか？」

「ん？　そうだな、いるだろう。だが、見えると判明した時点で、術者になるための修行を積むことになる」

「本人が嫌がっても、術者にならないといけないんですか？」

凜の言葉に弦空は足を止めた。

「術者になれるのは選ばれた者のみ。裏を返せばなりたくても力に恵まれず諦めざるを得ない者もいるということだ。拒否する者などおるまい」

弦空は自身の仕事に誇りを持っている。

特別な力を持ち、妖を倒すこの仕事に。

けれど、術者となり妖と戦うことに戸惑う者がいてもおかしくないのではないだろうか。

「光弦、なぜそのようなことを聞く？」

雪雅も妖が見えるようだが、彼は里で暮らすことを望んでいない。それなのに彼のことを話したら、強引に里へ連れてこられ術者にさせられてしまいそうで、凜は先ほど会った明満のことを口にした。

「……妖の匂いを嗅ぎ分けられる人と会ったからです」

凜がそう告げると、弦空の顔色が変わった。

「その者はどこにいる？　そのような力を持った者

はこれまで術者の中にいなかった。妖の匂いがわかるならば、ぜひ我々の仲間に迎えたい」

凛はいつになく気色ばんだ弦空に、その人物の名を教える。

「もう、仲間だと思います。その方は、明満様なので……」

「明満様？　神祇官の明満様か？」

「ええ」

確かに明満は凛が微かに漂わせていたアオの匂いを嗅ぎ分けた。そのことは言えないが、彼に力があることは事実だ。

「明満様も力をお持ちなのか……。なるほど、あの香もそのためのものだったのか」

弦空は顎に手をあて、考え込みながら独《ひと》り言《ご》ちる。

凛にはなんのことかわからなかったが、術者である弦空はあの香の理由まで即座にわかったようだった。

「兄さん？」

「ああ、すまん。明満様が妖の匂いを嗅ぎ分ける能力を持っているのだとしたら、香をあれほど強く焚きしめている説明がつく。嗅ぎなれた匂いの中に妖の匂いが紛れればすぐに気づくように、という理由だったのだろう」

ただ強めの香が好きなのではなく、そのような理由があったのか。

凛は感心したが、それを聞いていた伊織が異議を唱えた。

「そうとも限らんぞ。妖と通じていることを誤魔化すために、香を焚きしめているのかもしれん」

「……どういうことです？」

伊織は目を眇め、先ほど明満から妖の匂いがしたのだと弦空に報告した。それを聞き、凛はギクリとしてしまう。

弦空まで明満を妖の仲間だと思ったらさすがに危

うと思ったが、弦空は「それは違うでしょう」と伊織の言葉を否定した。

「明満様はとても妖を憎んでおられる。誰よりも妖の殲滅を願い、そのために自らこの里へ来ることを決めたそうだ」

それは初耳だった。

着任初日に挨拶もそこそこに退室したから、てっきりお役目に不満があるのだと思っていた。けれど自ら望んでこの地に来ていたのか……。

「それに、今日の集会で決まったが、雪が降らぬうちに静山に集う妖を襲撃することになった。時期尚早だと言う声も上がったが、明満様のご一存で決行する運びとなったんだ。一日も早く妖を殲滅しようとされているお方が、妖と通じているはずがない。最近は妖との戦いに向けて戦略を練るために、里の外の地形を確認しに出かけられている」

――雪が降る前に、静山に攻め込む……。

凜はゴクリと唾を飲み込んだ。

鬼を討つために今勉強に励んでいるわけだが、事態が急に現実味を帯びてきて緊張感が高まる。

妖を殲滅させるということは、アオも倒すということだ。

アオも妖。しかし、彼女は人間に悪さをするような子ではない。それなのに、妖だというだけで討たなくてはならないのか？

「……兄さん、妖の中にも人間と仲良く出来る者がいると考えたことはありませんか？」

思い切って尋ねると、弦空は虚を突かれたような顔をした後、「馬鹿なことを」と鼻で笑い飛ばした。

「我らの父は妖との戦いで受けた傷が元で命を落とした。妖は父の仇《かたき》。私は妖と仲良くするなど不可能だ。妖も同じように我々を憎んでいることだろう」

「でも……」

「光弦、もうその話はするな」

強い口調で遮られ、凛は口を閉ざす。

弦空は背を向け、館の中に入っていった。

「人に危害を加えない妖も討たないといけないの？」

凛は弦空に言えなかった言葉を呟く。

煎餅を頰張って「美味《おい》しい」と微笑んだアオも、妖だから退治しなくてはいけないだろう。しかし、そんなこと自分には出来ない。

唇を嚙みしめると、それまで黙っていた伊織が足元に座り、諭すような声音で言った。

「凛、何を思って先ほどの発言をしたのかは知らないが、そのような考えは捨てることだな。妖に情を移したら、親玉の鬼を討つことなど出来ん」

それだけ言うと、凛を残し館へと戻ってしまう。

凛はここへ来て初めて心がくじけそうになった。

――僕だけ違う。

この術者の里の中で、自分だけが異質な気がした。

それでも自分はここにいなくてはいけない。

鬼を討つことの出来る、唯一の存在だから。

胸が締めつけられ、息が出来ないほど苦しくなる。

――この苦しみをわかってくれる人は、ここにはいない。

それは誰もアオのことを知らないからだ。

彼女のことを知れば、妖全てが悪だと思わないでくれるかもしれないけれど、術者をアオに会わせるのはとても危険を伴う。

――いったい、どうしたら……。

思い悩む凛の脳裏に、里の者でもなく、アオと実際に会ったことのある人物の顔が思い浮かんだ。

――そうだ、雪雅さんならきっと僕の気持ちをわかってくれる。

雪雅は人よりも妖を目にする機会の方が多いと言っていたし、アオのことも妖だからという理由で敵視したりはしなかった。

――話をしたい。

この気持ちを共有出来るのは彼だけに思えた。

そう思ったらいてもたってもいられず、先ほど別れたばかりだというのに今すぐ雪雅に会いたくなった。

凜はわずかに悩んだ末に、感情に突き動かされるまま駆け出す。

太陽はすでに沈み、里の門は閉ざされていた。

凜は門《かんぬき》を外し、門を開けて外へ飛び出す。

辺りは夕闇に包まれている。

幸い今夜は満月だったため、月明かりを頼りに歩いた。

丈の高い草むらを抜け、昼間よりも時間をかけて林までたどり着く。

林の中に踏み入ると、大きく息を吸い、彼の名前を呼んだ。

「雪雅さん！　雪雅さん、いますか!?」

しばらく待ってみたが、なんの返事もない。

凜は奥へと進みながら、雪雅の名を呼び続けた。

「雪雅さん、凜です。雪雅さん！」

林の中はいっそう闇が濃い。

木々で月光が遮られているからだろう。

昼間は煩いほどだった鳥の鳴き声も、この時間は聞こえてこなかった。

暗く静かな林の中を、一人で歩いていく。

「雪雅さ……」

何度目かわからない声を出した時、ガサガサと葉が揺れる音と足音が聞こえてきた。

「雪雅さん……？」

音のした方向に声をかけるが、返事はない。

そこで足音が一つではないことに気がついた。

それも二人三人の足音ではない。もっと多くの足音が、次第にこちらに近づいてくる。

——まさか、妖？

ここは妖の住処に通じる林。

夜になると妖は活発に動き出す。

そう弦空に言われていたのに失念していた。

凛は青ざめ、すぐに林から出ようとした。

ところが踵を返し走り出してすぐに何かにぶつかり後ろ向きに転んでしまう。

「痛っ」

暗闇の中、誰かが凛の前に立ちふさがる。不穏な気配を察し、後ろへ下がると今度は背後にも何者かの気配を感じた。

いつの間にか前後左右を取り囲まれている。

明かりがないため、自分を囲む者たちの姿ははっきりと見えないが、こんな時間に妖が出るという林にいるのだから、少なくとも里の人間ではないだろう。

何よりこの林の近辺で雪雅以外の人間と会ったことはなかった。

——妖だ……。

妖に取り囲まれている。

この数の妖に囲まれては逃げることも出来ない。

自身の窮地を実感し、血の気がザッと引いていく。

「人の子よ。なんの用だ」

凛が硬直していると、目の前に立つ妖が言葉を発した。

頭の中は真っ白で、この危機的状態を切り抜ける方法なんて思いつかない。

しかし、妖に問われるまま正直に雪雅に会いにきたのだということは言ってはいけないと、そればかりが脳裏に浮かぶ。

人と妖は長い年月敵対してきた。

人間が仲間を傷つけた妖を憎んでいるように、妖も歴代の統領である鬼を討ち取られて恨みを抱いているだろう。

妖の領域にほど近いこの場所に、人である凛と雪雅が足を踏み入れたと知られたら、あらぬ誤解を与えてしまうかもしれない。そうでなくとも、人であるという理由だけで命を脅かされる可能性もある。

だからこの状況で人間である雪雅の存在を、妖たちに気取られるわけにはいかなかった。

――雪雅さんのことは、絶対に言っちゃ駄目だ。

凛はその一心で、妖に対峙する。

「……迷ってしまって……」

消え入りそうな声で告げる。

しかし妖は先ほど凛が雪雅を呼ぶ声を聞いていたようで、嘘をついたことをすぐに見破られてしまった。

「我々を謀《たばか》るつもりか。先ほど名を呼んでいたであろうっ！」

「ひっ……っ」

激しい怒声にビクリと身をすくませる。

妖を怒らせたらどうなるか、弦空に渡された巻物や書物を読んで知っている。

人を憎む妖に捕まれば命はない。

これ以上怒らせない方がいいとわかってはいるが、凛は口を閉ざし続けた。

「俺に任せろ。この者とは因縁がある」

そう聞こえた直後、背後から腹の辺りに腕を回され、抵抗する間もなく大きな羽ばたきの音と共に身体が宙に浮かび上がった。

「わ、わぁっ」

手足をバタバタさせても上昇は止まらず、あっという間にこの辺りで一番高い木の上まで連れていかれてしまった。

樹頭が見えるほどの高さにある枝に下ろされ、必死の思いで幹にしがみつく。

少しの身じろぎで枝がしなり、今にも落下してしまいそうだ。下を見なくともここから落ちたら大怪我をすることはわかった。

凛は震えて力が入らない腕を幹に回したまま、こんな場所まで自分を連れてきた者に視線を向ける。

背中に生えた黒い両翼を羽ばたかせ宙に浮かんでいるのは、以前誤解から凜を追いかけてきた妖……アオの父親だった。

「あなたは、アオちゃんの……」

「人間風情が気安く娘の名を口にするな！」

「す、すみませんっ」

先ほどよりも確実に状況が悪くなっている。

木の上に連れてこられたら逃げることはおろか、無事に地上へ下りることすら叶わないかもしれない。羽根を持つこの妖の逆鱗《げきりん》に触れて、身体を一押しされたら簡単に下へと落ちていくだろう。

それを想像してしまい、足がいっそう震え出した。

「俺は甘くない。なんとしても口を割らせるぞ」

妖の瞳が月明かりに反射し、猫のようにギラリと光った。

怯みそうになりながらも、唇を固く閉ざす。


「ここへは何をしに来たのだ？」

凜は首を左右に振る。

妖はさらに質問を重ねた。

「なぜ呼んでいた？」

俯き、無言を貫く。

互いに一言も発しないまま数分が経過した頃、羽根の妖が凜のいる枝に軽く足を乗せてきた。途端に枝がしなり不安定に揺れ出す。

「や、やめてくださいっ」

「やめぬ。貴様が目的を口にするまではな」

羽根の妖が徐々に羽ばたきを緩やかにしていき、それに比例して枝にかかる体重が重くなっていく。凜の立っている枝の根本から、メキメキという不穏な音が聞こえ始める。

凜一人の体重ならなんとか支えられていたが、二人分の体重には堪えられそうになかった。

――このままだと、折れる……っ。

この高さから落ちたら無事ではすまない。

「お、お願いです、やめてくださいっ」

「なら言うか？」

「それは……言えませんっ」

これが助かる最後のチャンスだと察したが、凜は自分に優しくしてくれた雪雅のことを隠し続けた。

「そうか。なら、仕方ない。雪雅様をお守りするためだ。……人の子よ、恨むでないぞ」

――雪雅様……？

妖の口から雪雅の名前が出て、瞳を瞬かせる。

この妖は雪雅のことを知っているのか？

雪雅を守るとは、どういう意味なのだろうか？

「あ、あの、雪雅さんのことを知って……」

しかし凜が言い終わる前に羽根の妖は翼を背中に畳み、凜と彼の体重を支え切れなくなった枝が根本から折れてしまった。

ボキッという音が響いた直後、足元を支えていた枝が落ちていく。

「わぁっ！」

なす術なく重力に任せて落ちるしかなかった。

次第に迫る地面。凜はこれから訪れるであろう衝撃を覚悟する。

その時、何かがこちらへ向かって飛んでくるのが視界の端に映った。

いや、空を飛んでいるのではない。木から木へと飛び移りながら向かってくる人影。

それは月の光を受けて輝く白銀の髪をたなびかせた鬼。

――違う、雪雅さんだ……。

凜が雪雅の姿をはっきりと認識した時、二人の視線が交わった。

凜は無意識に雪雅へ向かって右手を伸ばす。

次の瞬間、雪雅が大きく跳躍し、その手を握る。

そのまま彼の方へと引っ張られ、雪雅の胸に抱き込まれた。

微かに香る、花のような匂い。

こんな状況なのに、甘さを含んだ優しい匂いと彼の体温にホッと力が抜けていく。

「しっかり摑まっていろ」

すぐ近くから声をかけられ、凜は言われた通りに彼の背に腕を回す。

雪雅は枝から枝へと飛び移り、最後に地面へと着地した。

「怪我はないか？」

「は、はい」

極限状態にあったためまだ胸はドキドキしているけれど、雪雅のおかげで怪我はしていない。

凜がコクリと頷き返すと、雪雅は面の奥でほうっと息を吐き出した。

そこで凜は妖たちの存在を思い出す。

「あの、雪雅さん、妖が……」

「知っている。アオが知らせてくれた」

「アオちゃんが……？」

そういえば、アオの父親の羽根の妖が雪雅のことを知っているようだった。

雪雅はこの林近くに住んでいると言っていた。

もしかして、以前から妖たちと顔見知りなのだろうか……？

そんな疑問を抱いていると、数人の足音が聞こえた。妖が集まってきたらしい。

無意識に雪雅の着物を握り締めていたようで、彼が静かに問いかけてきた。

「怖いか、凜」

「…………はい」

「そうか。怖がらせてすまなかった」

凜が怖がっているのは妖たちのことだ。

「どうして雪雅さんが謝るんですか？」

「まだ気づいていないのか？」

雪雅がそう言うと、茂みの中から妖の集団が姿を現した。空からも羽根を持った妖が数体降り立つ。

凛は身構えるが、妖たちは一斉にその場に片膝をつき頭《こうべ》を垂れた。

先ほどの敵意が全く感じられない。

妖たちは少し離れた位置で跪《ひざまず》いている。

妖たちの行動を呆然と見つめていると、雪雅が一歩彼らへ向かって踏み出した。

「せ、雪雅さんっ」

凛は慌てて袖を摑んで引き留める。

なぜか大人しくしているが、彼らは人と敵対している妖。何をされるかわからない。

凛が血相を変えて雪雅を引き戻そうとすると、彼はゆっくりとこちらを振り返り、感情の読めない声音で告げてきた。

「私は妖を統べる統領だ」

「え………?」

何を言われたのか理解出来なかった。

――妖の、統領？　でも雪雅さんは……。

「雪雅さんは妖じゃないでしょう？　人間です」

凛の言葉に、羽根の妖が顔を上げ、叱責《しっせき》してきた。

「無礼な！　雪雅様のどこが人間だというのだ!?」

急に怒鳴りつけられビクリとしてしまう。

すると雪雅が片手で静かにするよう合図を送り、羽根の妖は渋々といった表情で口を閉ざした。

その様を見て、凛は大きく瞳を見開く。

妖たちは雪雅の前で膝を折り頭を垂れ、指示に従っている。

それが妖たちが雪雅を統領として敬っているという何よりの証拠に見えた。

「雪雅さんは本当に………」

妖なんですか、と最後まで口にすることが出来なかった。

けれど続く言葉を雪雅は悟ったようで、妖たちの前に進み出てこちらを振り返る。

「凛、私は鬼だ」

固い声音。

冗談などではないと、もう凛にもわかっている。

いや、今彼の口から聞かされずとも頭のどこかでわかっていたのだ。

人間が木々を飛び移ってあんな速度で移動出来るはずがない。それも凛を抱えた状態で。

そんなことが出来るのは、人ではない生き物だ。

その事実を受け入れると共に、初めて自分の使命を呪った。

まだ勉強中とはいえ、凛は妖を討伐する術者の一人。それも鬼を討つことの出来る式神使い。

——そんな……。

この時代で術者としてではなく、『蒔田凛』として接することの出来る人物が、術者の『光弦』が討つべき鬼だなんて。

——こんなことって、ないよ……。

いつか自分は雪雅を討たなくてはいけない。

弦空や里の皆、ひいてはこの国で暮らす人々を守るために。

妖を殲滅させるために、自分はこの時代に呼び戻されたのだから。

凛はいずれくるはずの雪雅との戦いを想像し、身震いする。

「凛」

夜の静寂を裂くように雪雅に名前を呼ばれたが、顔を上げられなかった。

「凛、私が怖いか？」

——怖い……？

凛は視線を持ち上げる。

妖の集団を背に立っている雪雅を見ても、不思議と恐怖心はわいてこない。

それは雪雅が優しく穏やかな人だということを知

っているからだ。

凛は頭を左右に振る。

「怖くはありません。でも、僕が人間だと知っていたのにどうして会って話をしてくれたんですか?」

人間は妖の敵。

それなのに、雪雅は凛を人間だと知っていて親し気に声をかけてくれた。羽根の妖に追われていた時には助けてくれた。その後も再会の約束をして、会えば他愛ない話をして、争いとは無縁の穏やかな時を過ごした。

妖の統領である鬼が、そんなことをするのはなぜなのか……。

雪雅はたっぷり間を空け、意外な言葉を口にする。

「……すまなかった」

「どうして謝るんですか?」

「私が鬼であることを言わなかったからだ。お前を騙していた」

「騙す……?」

脳裏にある可能性が浮かび上がり、息を飲んだ。

――まさか、僕が鬼を討つ力を持っているのを知ってた?

だから色々と情報を聞き出そうと近づいたのか?

または、油断させて命を奪おうとした?

だが、彼と過ごした時間に、そんな素振りなどなかった。

凛の表情の変化を見て、雪雅は鬼の面から覗く赤い瞳を悲しそうに揺らした。

「……私が鬼だと知ったら、お前がもう会いにきてくれない気がしたんだ。菓子を食べながら話すあの時間を失いたくなかった。……私はお前の友人でありたかった」

そっと目を伏せた雪雅からは、嘘を言っているような気配は感じない。

初めて聞いた雪雅の本心は、凛が想像していたようなものとは全く異なっていた。

胸が締めつけられる。

――雪雅さんは、いつも優しかった。

初めて会った時も、その次も、いつも変わらず優しくしてくれた。だから凜もまた話したいと思い、自分から会いにいっていた。

あの時に見せていたのが互いの素顔。

凜は術者としてではなく、雪雅も妖の統領としてではなく、ただ一個人として友人と語らう一時を楽しんでいた。

それを当事者である凜が誰よりも知っていたのに、どうしてわずかでも雪雅に思惑があるなどと疑ってしまったのか……。

妖や鬼、術者という立場でしか考えることが出来なくなっていた自分を責めずにはいられなかった。

凜は真っ直《ます》ぐ雪雅を見つめる。

そこには書物や巻物に描かれていたような悪しき鬼はいなかった。

凜の優しい友人である、雪雅が立っていた。

「……僕はまだ、雪雅さんの友達ですか？」

雪雅が面の下で赤い瞳を瞠る。

「また会ってもらえますか？　僕には僕を『凜』と呼んでくれる雪雅さんが必要なんです」

里では伊織以外、凜を『光弦』と呼ぶ。

それが正式な名前なのだから当然なのだが、『光弦』と呼ばれることにやはり違和感を覚えてしまっていた。あの名前で呼ばれるたびに、自分は術者なのだと意識せずにはいられなかった。

里での生活は辛くはないけれど、寂しい。

そんな日々の中で、雪雅といる時間だけが心を穏やかにしてくれた。

雪雅が凜と友人としてつき合っていきたいと思っていたのと同じく、凜もまた、雪雅とこれからも会いたかった。

そうした想いが溢れ唇からこぼれた言葉に、雪雅は目を細めた。

「おかしなことを言う。それを口にするのは私の方だろう」

雪雅はゆっくりとこちらに近づいてきた。

凜の前に立ち、自身の右耳につけていた赤い石のついた耳飾りを外す。

凜の手を取り、その中にそれをそっと置いた。

「私と凜が友である証としてこれを受け取ってくれ」

淡い月明かりに反射してキラリと輝く赤い石は、雪雅の瞳と同じ色をしていた。

「僕がもらっていいんですか？」

「ああ。凜に持っていてほしい」

少し迷ったが、凜は耳飾りを落とさぬよう握り締めた。

「ありがとうござ……」

「雪雅様、お待ちください」

凜が礼を伝えようとした時、妖たちの中から声が上がった。

アオの父親が前へ進み出て、雪雅に進言する。

「それはお父上の……」

「よい。凜に渡すと決めた。私の決めたことに口を挟むな」

「しかし……」

雪雅が羽根の妖を一瞥する。

羽根の妖はハッとした顔をし、一礼して後ろへ下がった。

二人のやり取りを聞き、この耳飾りが雪雅にとって大切なものなのだと悟る。

彼の父親との思い出の品なのではないだろうか。

そんな大切な品物を受け取るわけにはいかない。

凜が雪雅に返そうとすると、その手をふわっと包み込み微笑みかけられた。

「持っていてくれ。友情の証なのだから」

「でも、大切なものなんじゃ……」

「だからこそ、同じように大切な友人である凜に渡した」

諭すように紡がれた言葉は、密《ひそ》やかに甘い色を含んでいるように感じた。

重ねた手から雪雅の温《ぬく》もりがじんわり伝わってくる。

だからだろうか。

凜の顔も熱くなってきた。

「わ、わかりました。大切にします」

慌てて告げ、雪雅の手を解く。

「凜、こちらへ」

一度離れた手を雪雅にすくい取られ、不意打ちの接触にまた心臓が跳ねる。咄嗟に手を引こうとすると、今度はギュッと握り込まれた。

そのまま手を引かれて妖たちの前に導かれる。

「彼は凜。私の友人だ」

暗がりの中で無数の瞳が光っている。それらが一斉に向けられ、思わずビクリと身体が震えた。

手を取っている雪雅にはそれが伝わったはずだ。

「凜は人の子だ。けれど我らに敵対心は持っていない。乱暴な振る舞いはせぬように」

妖たちは無表情だったが、歓迎されていない空気を肌で感じた。

突き刺さる視線が痛い。

けれど妖たちは雪雅の言葉に誰も異論は唱えなかった。

「……御意のままに。雪雅様のご友人ならば、失礼のないようにいたします」

一人の妖がそう声を上げると、他の妖たちも同意を示すように頭を下げた。

「凜、これからも変わらず会いにきてくれ」

「は、はい。必ずきます」

妖たちに受け入れられていないのは身に染みて感

じたが、雪雅の願いに応えずにはいられなかった。

凜の返答に、面の奥の瞳が細くなる。

赤い瞳には安堵と喜びの色が浮かんでいた。

その後、里の近くまで送っていくという雪雅の申し出を断り、凜は林の出口で彼に別れを告げた。

また来るともう一度約束を口にして、凜は草原を歩いて里を目指す。

今から戻れば、夜明け頃に里へ到着するだろう。

「僕を探してるかな……」

きっと再び凜がいなくなったことに弦空や伊織も気づいているだろう。もしかしたら、心配性な弦空は寝ずに帰りを待っているかもしれない。なるべく早く館へ戻ろう。

闇夜に太陽の光が差し始めた頃、里の壁が見えてきた。

日の出と共に開けられた門をくぐろうとしたところ、門番に訝し気な視線を送られた。この里に住む者なら、夜間の外出がどれほどの危険を伴うものか知っている。ましてや凜は今、水干姿。元服前の子供が一人で里の外で一晩過ごしたこの状況を、不審に思われても当然だ。

門番に呼び止められる前に、駆け足で門をくぐり抜けた。そのまま館への道を駆けていく。

徐々に明るくなっていく夜明けの里。

この時代の朝は早い。

そろそろ皆起き出す頃だ。

――早く戻らないと……。

もうすっかり覚えている複雑な道順をたどっていき、最後の角を曲がったところで、反対側から出てきた人とぶつかってしまった。

「わっ」

思い切り衝突してしまい、弾《はじ》き飛ばされて尻餅をつく。

転んだ痛みを気にするよりも、相手に怪我がないか心配で声をかける。

「すみませんっ。大丈夫ですか？」

思い切りぶつかってしまったので相手も転ばせてしまったと思ったが、意外にもその人物は座り込む凛を立って見下ろしていた。

逆光のため、相手の顔はよく見えない。

しかし、見えなくとも誰か、辺りに漂っている匂いですぐにわかった。

——明満様、こんなところで何を……？

こんな早朝に供も連れずに歩いていることに違和感を覚える。

「お主は、昨日の……」

明満はそこまで言い、何かに気づいたように言葉を途切れさせ身を屈める。そして座り込む凛の胸元の辺りに顔を近づけてきた。

「あ、あの……」

「匂う」

「はい？」

「これは……鬼の匂いだ」

「っ！」

——そうだった、この人は匂いを嗅ぎ分けられるんだ……！

凛は咄嗟に後ろへ下がり、立ち上がろうとした。

しかしそれを察知した明満に足首を摑まれ、引きずり戻される。見た目は細身なのにすごい力だった。

爪が食い込むほど強く足首を握られ、苦痛に顔を歪める。

「い、痛いですっ。放してくださいっ」

凛の訴えに耳を傾けず、明満はズルズルと凛を引っ張ると、水干の胸倉を摑んだ。

「この匂い、どこからだ？」

彼は独り言のように言いながら、凛の着物の中に手を差し込んできた。

胸元をまさぐられ、凛は悲鳴のような声を上げる。

「や、やめてくださいっ」

身を捩《よじ》り這うようにして逃げようとしたが、明満はいとも容易く凜の抵抗を封じ込め、ようやく目当てのものを見つけたようだ。

凜の着物から手を抜き取り、手の平にあるそれを見て呆然と呟く。

「これは……」

明満が手にしているのは、雪雅から友情の証として渡された彼の耳飾り。

凜はすぐさま手を伸ばす。

「返してくださいっ」

けれど明満は凜の動きに素早く反応し、耳飾りを持って立ち上がった。凜も取り戻そうと立ち上がって再び手を伸ばすが、背の高い明満が頭上高く掲げてしまうと届かない。

「返して……っ」

「なぜこれをお主が持っているのだ？」

凜の言葉に被せるように、明満の声が頭上から降ってきた。

この耳飾りは雪雅が身に着けていた品。明満は鬼の匂いの元が耳飾りだと気づいている。もらったものだと言ったら、さらに詰問されるだろう。

返事に窮している間に、明満は耳飾りを手の中に握り込み、低い声音で唸《うな》るように告げてきた。

「これは、鬼の血で作った石だ」

「鬼の血!?」

思いもよらないことを聞かされ、目を瞬かせる。

この耳飾りを渡された時に、アオの父親である羽根の妖が言っていたことを思い出した。

——雪雅さんのお父さんの……？

現存する鬼は一人だけだと弦空が言っていた。

つまり、今鬼の一族は雪雅だけ。

いわばこの耳飾りは、父親の形見にあたるのではないだろうか。

「こんなものを、なぜお主が持っているのだ？」

「……返してください」

雪雅が友の証として、凜にくれたもの。明満には渡せない。

キッと明満を見上げるが、彼も引く気はないようで、抑揚のない声で同じ質問を繰り返された。

「これをどこで手に入れたのか、言うんだ」

「っ……」

詰め寄られている間に雲行きが急に怪しくなり、空からポツポツと大粒の雫《しずく》が落ちてきた。

明満が空を見上げる。

注意が逸れた隙をついて明満に飛びかかり、耳飾りを取り返すことに成功した。

すぐさま彼から離れようとしたのだが、袖を摑まれ動きを制されてしまう。

「それを返せ」

「これは元々僕のものですっ」

「違う、お主が持つべきものではない！」

明満と顔を合わせたのは今回で三度目。言葉を交わしたのは二度目だ。いずれも、明満は感情の起伏を見せなかった。

そんな明満の怒声に、凜はビクリと肩を跳ねさせる。

このまま揉《も》み合いになることを覚悟したが、明満は小さく舌打ちし、素早く踵を返した。

彼は袖で雨を遮るようにして急ぎ足で遠ざかっていく。

先ほどの剣幕から、明満も耳飾りを手にするまでは引かないと思っていた。しかし、意外にもすんなり解放され、凜は彼の気が変わって戻ってくる前に館へ帰ろうと雨の中を駆け出した。

雨はどんどん勢いを強め、館に帰り着いた時には全身ずぶ濡れになっていた。

玄関に駆け込むとすぐに弦空が顔を出す。

勝手にいなくなったことを叱《しか》られ、しかし説教の途中で千代女が「ひとまずお召し替えを。お顔が真っ青です」と仲裁に入ってくれた。

千代女は延正に声をかけて身体を温めるために湯の準備に取り掛かってくれるが、この時代、風呂を沸かすのには時間がかかる。

凜は準備が整うまで着替えて待つように言われ、自室に戻った。

水気を吸ってずっしりと重くなった着物を脱ぎ、手ぬぐいで身体を拭いていると、いつの間にか伊織が傍に来ていた。

「伊織、いつからそこにいたの？」

凜が声をかけても伊織はじっと見つめてくるだけだ。様子がおかしい。

「何？　伊織、どうしたの？」

凜が不審に思って近寄ると、ようやく伊織が口を開いた。

「……無事に出会ったようだな」

「え？」

「よく聞け、凜。……何があろうと心を強く持て。そしてどういう結末を迎えようと、運命を受け入れるんだ」

——運命……？

もっと詳しく話してほしかったが、伊織はそれだけ言うとさっさと寝床へ戻ってしまった。

こういう時、伊織は凜が重ねて尋ねても多くを語ってはくれない。それを十八年のつき合いで知っていた。

きっと必要な時になったら教えてくれるだろうと、言葉を飲み込む。

御簾の向こうから、天から落ちてきた雨粒が地面で弾ける音が聞こえてくる。

——静山も雨かな……。

雪雅は雨に濡れていないだろうか。

凜は耳飾りを眼前で揺らす。

鬼の血で出来た赤い石。

それだけ聞くと恐ろしく感じるが、雪雅にとってとても大切な品だと思うと、躊躇いなく渡してくれたことに喜びを覚えた。

人と鬼。

種族は違えど、凜と雪雅の間には互いを友と想いやる気持ちが存在している。

――でも、僕は……。

自身の術者としての使命が頭を過《よぎ》ったが、今はそれを考えたくない。

凜は耳飾りをそっと手の中に握り込み、降りしきる雨の音に耳を傾けた。


雨に打たれた日の午後。


凜は熱っぽさとだるさを覚え、寝込んでしまった。

まだ夏の気配を感じる季節だが、この時代は元の時代よりも気温が低く、陽の出ていない朝晩はかなり冷え込む。

雨に打たれて身体が冷えたからか、または疲れがどっと押し寄せてきたのか、凜の熱は二日経《た》っても下がらなかった。

弦空も千代女も延正もとても心配してくれ、あれこれと世話を焼いてくれたが、三日目の晩になってもまだ熱は高いままで床から起き上がれずにいた。

皆が寝静まった夜中、ふっと目を覚ました。

――今何時……？

伊織に尋ねようとしたが、いつも寝ている場所に姿がない。熱でぼんやりした頭で、しばらく他の場所で眠ると言われたことを思い出した。どうやら、寝込んだ凜の看病のために昼夜問わず人が出入りすることを嫌ってのことのようだった。

熱っぽい息を吐きながら寝返りを打った時、部屋と廊下の間にある御簾が開けられるような音が聞こえた。

――風で揺れたのかな？

そう思ったが、続いて床を踏みしめる音も聞こえてくる。

「兄さん……？」

延正や千代女なら一声かけてから入ってくる。弦空は寝込んだ凜を起こさぬよう、そっと部屋を訪れるから、今回も彼だと思った。

しかし、暗がりから返ってきたのは別の男性の声だった。

「凜」

低いけれど聞き取りやすい、柔らかい声音。

心地いいこの声は、ここにいるはずのない人のものだった。

まさか、と思いながら、彼の名を口にする。

「……雪雅さん？」

人影は枕元で立ち止まると膝を折り、凜の額に張りついている髪を払いながら答えた。

「ああ。私だ、雪雅だ」

ぼやけた視界に映ったのは整った美しい顔。

二人きりだからか、雪雅は珍しく鬼の面をしていなかった。

「どうして……？」

なぜここに雪雅がいるのだろう。

これまで里に来たことはなかった。

そもそもこの里には妖除けの結界が張ってある。鬼の雪雅は容易に立ち入ることが出来ないはずだ。

聞きたいことは次から次に出てくるが、声が掠《かす》れて上手く言葉にして伝えられない。

凜がなんとかそれだけ問いかけると、雪雅はふわりと微笑んだ。

「凜に会いにきた。たまには私から会いにいこうと思ってな。……身体を壊していたのか？」

雪雅の手の平が額に触れる。

ひんやりとして気持ちがいい。

瞼を閉じると、雪雅が「熱いな」と呟いた。

そして土産に持ってきたという、静山のわき水が入った竹筒を懐から取り出した。

「持ってきてよかった。人にも効くかはわからないが、この水を飲むと身体が回復する。飲んでみるといい」

「ありがとうございます……」

すぐさま上体を起こそうとしたが、力が入らない。すると雪雅が背中に手を差し入れ、起こしてくれた。

「起き上がれないほど具合が悪いのか？　こうして支えているから、その間に飲むといい」

雪雅は凜の背後に回り足の間に座らせ、水の入った筒の飲み口を口元にあててくれる。

ひんやりとした冷たい水が喉を通っていく。一口飲むごとに、身体の火照りが引いていくような気がした。

凜は夢中で筒の中身を飲み干し、喉が潤ったおかげでようやくまともに声が出せるようになった。

「里には妖が近寄れないように結界が張ってあるって聞いてます。雪雅さん、どうやって入ってきたんですか？」

その問いに雪雅は少し間を空けて返してきた。

「……そのようだな。おそらく、他の妖は足を踏み入れられない。私が立ち入れたのは、私の血のせいだろう」

血、というのは、つまり雪雅は鬼だから、ということだろうか。

鬼が妖の頂点に君臨しているのは、鬼の一族が他の妖よりも高い能力を有しているからだと巻物で読んだ。一般的な妖より力があるから、里の結界も通り抜けられたのかもしれない。

「もう横になれ。身体を休めないといけない」

雪雅が場所を空け、凜を横にする。

「私はもう去る。また身体がよくなったら会おう」

雪雅はそう言い残し、立ち上がろうとした。

凜は咄嗟に彼の着物の裾を摑んで引き留める。

「もう帰っちゃうんですか？」

せっかく里まで来てくれたのに、こんな短い時間滞在しただけで帰ってしまうなんて……。

――もっと話がしたい。

熱のせいで、心細くなっているのだろうか。

雪雅に傍にいてほしかった。

凜はその想いを視線で訴えかける。

雪雅は凜の手の上からそっと自分の手を添えた。

「私がここにいることを知られたら、騒ぎになる」

雪雅は鬼。

凜は彼から直接聞くまでは人だと思っていたが、弦空をはじめ、他の術者が見れば鬼だと一目でわかるのだろう。

この館に長く滞在すればするほど、雪雅の危険が増す。

「……そうですね、すみません。もう少しだけ一緒にいてほしくて、つい引き留めてしまいました」

雪雅はハッとしたように目を瞠り、息を飲んだ。

重ねた手を力を込めて握られる。一瞬、赤い瞳が炎のように揺らめいて見えた。

見たことがない表情にドキリと心臓が跳ねる。

目の前にいるのは自分がよく知っている友人のはずなのに、先ほど雪雅が垣間《かいま》見せた表情は、別人のように思えた。

優しい雪雅の奥にある、鬼としての本能がほんの少し顔を覗かせたような、激しさを秘めた表情。

けれどそれを目の当《ま》たりにしても不思議と恐怖心はわいてこない。ただ、心臓の鼓動だけがなぜか速まっていく。

――綺麗……。

雪雅はどんな表情をしても綺麗だと思った。

凜がじっと見つめていると、雪雅の瞳から燃えるような光が徐々に消えていき、やがていつもの穏やかな顔に戻っていく。そして少し困ったように力なく微笑んだ。

「……私以外の者に、そのようなことを言わないでくれ」

「え……？」

短く聞き返したが、雪雅はそっと凜の手を布団の中にしまった。

「私は凜の友でありたい。だからもう去るべきだろう」

凜も雪雅とこのままの関係を続けていきたいと思っている。

鬼とか人間だとか、関係なしに。

――でも、人目に触れたらもう会えなくなる。

寂しいけれど、仕方ない。

また体調が回復したら、今度はこちらから会いにいこう。

凜はまだ一緒にいたい気持ちを押し込め、雪雅に別れを告げる。

「……わかりました。誰かに見つかったら大変ですよね。おやすみなさい」

凜がそう伝えると、雪雅は苦笑する。

「まだ子供のお前にはわからぬか」

「はい？」

「いや、気にするな。ではまた会おう」

雪雅は今度こそ立ち上がり、屏風の向こうへと姿を消した。

御簾が微かな音を立て、再び静寂が訪れる。

雪雅が持ってきてくれたわき水を飲んだおかげだろうか、身体が楽になった気がする。

雪雅に会えて人恋しさが満たされたのも加わり、

ウトウトと目を閉じる。

——早く治して、また会いにいこう。

見舞いの礼に、煎餅か菓子を持って訪ねよう。

アオも一緒に三人で菓子を食べながら語らいたい。

凜はそのことを楽しみに、眠りに落ちていった。


雪雅が里へ来てくれた翌朝から、凜の体調はみるみる回復していった。

熱も朝起きた時には下がっており、身体のだるさもなくなった。

しかし、数日間伏せっていた身体はまだ本調子とはいかず、一日ゆっくりと過ごした翌日、弦空や伊織にはもう一日大事を取って休むと言い、隙を見て水干に着替えて館を抜け出した。

懐には千代女に頼んで持ってきてもらった砂糖菓子が入っている。花の形をした甘い菓子をアオは喜んでくれるだろうか。

凜は里の門を抜け、すっかり通いなれた草むらを横切り、林へとたどり着く。

足を踏み入れてすぐに雪雅の名を呼ぶと、奥から木々を飛ぶように移動しながら雪雅が姿を現した。

人間には出来ない俊敏な動き。

今までは見せてくれなかったが、もう鬼だと告げたから隠す必要はなくなったのだろう。

雪雅は木の上から飛び下り、凜の前に立つ。あれほどの速さで動いたのに、雪雅の息は全く上がっていない。身体能力の高さが窺えた。

「凜、もうよくなったのか？」

「ええ、すっかり。これ、この間のお返しです」

凜は菓子の入った包みを雪雅に差し出す。

「甘いお菓子なんです。三人分あるので、よかったらアオちゃんにも。今日はアオちゃんは？」

雪雅は包みを「ありがとう」と受け取る。

「アオは山にいるんだ。……そうだ、よかったら凜も来るといい」

「山って静山ですか？　僕が行ってもいいんですか？」

「お前は私の友なのだからかまわない。元々、招くつもりだった。今日来てくれてよかった」

この時代では、凜が育った静山は彼ら妖の住処になっている。

そんな場所に気軽に立ち入ることは出来なかっただけに、純粋に静山へ行けることが嬉しくなる。

「ありがとうございます。ずっと行きたかったんです」

「そうなのか？　妖の住処に行きたいだなどと、やはり凜は変わっているな」

そこで雪雅に自身の境遇を話していなかったことに思い至った。


——言った方がいいよね……。

雪雅も鬼であることを打ち明けてくれた。

それなら、凜も生まれてすぐに先の時代に飛ばされ、そしてこの時代に再び戻ってきたことを告げるべきだ。

しかし、なぜそのようなことになったのかと聞かれたら、凜が術者の家系に生まれ、その中でも特別な、鬼を退治することの出来る能力を持った式神使いであることも言わなくてはならなくなる。

おそらく妖が見えることから、凜が術者の家系の者であることには雪雅も気づいているだろう。

しかし、まさか鬼を討つことの出来る唯一の存在だとは思ってもいないはずだ。

凜はチラリと雪雅の顔を盗み見て、視線が合うとすぐに逸らす。

——……言えない。

ただの術者だったなら、言えただろう。

けれど、鬼である雪雅の命を奪う役目を与えられているだなんて、そんなことを本人には言えない。

雪雅がそれを知ってしまったらこれまで通りの関係でいられなくなる。

「どうした？　まだ具合が悪いのか？」

急に俯いた凛を不審に思ったようで、何も知らない雪雅は労《いたわ》るように声をかけてくれた。

そっと背中に添えられた手は温かく、しかし今はそれがかえって凛の気持ちを重くしていく。

「……少し疲れただけです。久しぶりに外を出歩いたから」

不自然に思われないように作り笑いを浮かべ、雪雅の手をやんわり押し戻した。

後ろ暗いことがあるから適当なことを言っただけだというのに、優しい雪雅にさらに気を使わせてしまったようだ。

雪雅は凛の身体を横抱きに抱え上げる。

「せ、雪雅さんっ？」

「山までこうして抱いていこう」

「いいです、歩けますよっ」

「病み上がりで山道を登るのは辛いだろう。遠慮はいらない」

言うやいなや雪雅は高く跳躍し、木の枝に飛び乗る。

「わ、わぁっ」

「私の首に腕を回せ。振り落とされぬように」

木々の上を移動しながら雪雅が言う。

この状況では抵抗も出来ず、凛は素直に雪雅の首に手を回し、しがみついた。

見た目はスラリとしているのに、こうして触れるとしっかりとした身体つきをしているのがわかる。

白銀の髪が風に靡《なび》いてサラサラと揺れ動く。

――この匂いだ……。

ふわりと香る彼の匂い。

花のような甘い香の匂いと、彼自身の匂い。

数日前もこの腕に抱かれ、この香りに包まれた。

心臓が落ち着かなく脈打ち始める。

――なんだろ……。

時々、雪雅と一緒にいると胸が騒がしくなる。

最初は彼がとても綺麗な顔立ちをしているから緊張しているのかと思っていた。

しかし、鬼の面で素顔が隠れている時も、穏やかに語らっている時も、ふとしたことで心がざわつく。

それは凜を落ち着かない気持ちにさせるのに、不思議と不快ではない。

雪雅は自分を友と呼び、凜も彼のことを友達だと思っている。

最初は確かにそうだったはずなのに、凜の中で雪雅の存在は、学校の友人たちとは少し違うように感じ始めていた。

雪雅には蒔田の両親に対するように、素の自分を見せられる。変に気を使うこともなく、安心出来る存在だ。しかし、雪雅は家族とも違う。

一緒にいれば安らげるし、心地いい。けれど、今のように時折胸が苦しくなる。ドキドキして落ち着かなくなって、彼から離れたいのに離れられない。

凜は雪雅に対し、友人とも家族とも違う感情を抱いていた。

ただ、それがどういった類の感情なのかがわからない。

「そろそろ静山の入り口だ」

凜がざわつく心臓に戸惑っているうちに、もう林を抜け、静山の麓《ふもと》へたどり着いていた。

時間にして五分も経っていない気がする。雪雅の脚力は並外れていて、いとも容易く林を抜けてしまった。

「ここが、静山……」

凜は立ちはだかる小山を見上げる。

静山は小ぶりの山で、標高は三百メートル強。凛のいた時代は、頂上へは長い石段か、車が通るために作られた道を登っていく形になっていた。

しかしその時から千年以上も昔にあたる今は、石段などはなく、獣道を登っていくのだと雪雅に教えられる。

予想していたことだが、凛の知っている静山とは様子が違っていて少しショックを受けてしまう。

ここは静山だが、凛の育った場所ではない。

この山を登って頂上にたどり着いても、静山神社も優しい両親もいない。

「凛、聞こえるか？」

凛が静山を前に身を固くしていると、雪雅が明るい声音で声をかけてきた。

「耳をよく澄ましてみろ。凛ならこの音が聞こえるはずだ」

そう言われて耳に神経を集中させると、山の上の方から何やら笛の音が聞こえてきた。

「聞こえたか？」

「はい。あの音はなんですか？」

「祭りだ」

「祭り？」

「今日は年に一度の我らの祭り。これまでに命を落とした仲間の魂を鎮めるために毎年開かれる。魂を鎮めるとは仰々しい言い方だが、ようは皆で酒を飲みながら今は亡き友の思い出話を語り、賑《にぎ》やかに騒ぐ日だ」

盆祭りと同じ感じなのだろうか。

妖も祭りをするとは意外だった。

「だからそう身構える必要はない。凛は人の子でも私の友。誰も危害を加えることはしない」

妖の住処に立ち入ることに臆したわけではないが、先ほどまで沈んでいた気持ちが少し紛れ、興味がわいてきた。

――妖のお祭りって、どんなだろ。

「お祭り、見てみたいです」

「では向かうとしよう」

雪雅はそう言うと身を屈め、地面を強く蹴った。

頂上に近づくにつれて妖の歌声や太鼓の音なども聞こえてくる。

あっという間に山を登り切り、頂上の開けた場所に出た。

凛が住んでいた時代は、ここに静山神社があった。この時代では、妖の住居であろう家屋が立ち並び、その屋根から屋根へと提灯《ちょうちん》が渡され、あちこちで妖たちが酒を片手に語らっていた。楽器の音色は奥の方から聞こえているようだ。

「凛、歩けそうか？」

頷くと、ようやく地面へ下ろされる。

「こちらへ。我らの住処を案内しよう」

「はい……、あっ」

歩き始めて早々に小石に躓いてしまった。

雪雅がすかさず支えてくれて転ばずにすんだが、彼には色々と情けないところばかり見せている気がして恥ずかしくなる。

「す、すみません」

顔を赤くして離れようとしたが、手を雪雅の腕へと持っていかれた。

「病み上がりで足取りが危ういのだろう。摑まっていろ」

小石に躓いただけだから平気だ。そう言っても雪雅は譲らず、凛は遠慮がちに彼の腕に摑まった。

雪雅は満足そうに目を細めると、奥へと向かって歩き出す。

全体を見渡すことは出来ないが、山の地形がそれほど変化していなければ静山神社と同程度の面積があるだろう。そこに藁ぶき屋根の長屋がいくつも建っている。ざっと見ただけでも、三軒くっついた長屋が十五あった。

「凜の里と同じく、我らの住処にも結界を張ってある。我らの住処への入り口を見つけにくくし、こうして建ち並んでいる住居を見えにくくさせるものだ。だが、私と一緒にいれば結界は効かない。今、凜にも我が住処が見えているだろう？」

「はい。とても賑やかで、びっくりしました」

建物だけでなく、そこで過ごす数多の妖たちの姿にも目を奪われた。

羽根の妖のように人間と似た風貌をしている者もいれば、長い茶色の被毛に全身を包まれ熊ほどの大きさの毛玉のような者もいた。

——妖って、こんなに色々な姿をしてたんだ……。

この時代に来て、何かの作用があったのか、凜は妖をはっきり見ることが出来るようになった。

以前は大きさの大小はあれど、黒い靄や影のようにしか見えていなかったし、先日林で妖に取り囲まれた時は辺りが暗かったためはっきり見えていなかった。こんなにも多種多様の妖がいたのか。

凜は初めて見る光景に感嘆しつつ、雪雅の腕に張りつくようにして歩いていく。

「雪雅様……！」

「雪雅様だ」

妖たちは雪雅の姿を見つけると、弾んだ声で彼の名を呟き、すぐさまその場に片膝をつく。

それによって、先にいた妖たちも雪雅の存在に気づいたようで、順次跪いていくのが見えた。いつの間にか奥から聞こえていた楽器の音も消え、妖たちの話し声もかき消えている。

その圧巻とも言える光景に、凜は目を瞬かせた。

——そういえば、雪雅さんは妖の統領なんだっけ……。

雪雅が鬼だと知った晩も、今と同じように妖たちは統領に敬意を表するように跪いていた。

雪雅はひれ伏す妖たちの前を平然と歩き、たどり着いた立派な館の前で立ち止まる。

そこで振り返ったかと思うと、未《いま》だ頭を下げている妖たちに向かって告げた。

「今日は年に一度の祭りだ。私のことは気にせず楽しむといい」

その一言で妖たちは一斉に立ち上がり、再び各々思い思いに祭りに参加し出す。

館の前は広場のようになっており、そこには櫓《やぐら》が組まれ、てっぺんではアオの父親と似た羽根の生えた妖が三名、笛や太鼓、鈴で音楽を奏で、その下にある池の中からは魚のような鱗《うろこ》を持つ妖が上半身だけ出して歌い、櫓の周囲で曲に合わせて大勢の妖が踊っている。そしてそれを見物しながら長椅子《いす》に座って持ち寄った料理を食べ酒を飲んでいる妖たちの姿も目に入った。

——妖たちのお祭りって、こんなに賑やかなんだ。


もっと特殊な儀式のような祭りを想像していたが、目の前に広がっているのは、人と変わらない祭りの風景だった。

どの妖も楽しんでいるのが伝わってきて、書物では知ることの出来なかった妖たちの姿にただただ驚いてしまう。

凜が祭りの雰囲気に飲まれていると、いきなり腰の辺りに何かがぶつかってきた。

びっくりして視線を下げると、アオが抱きつきニッコリ笑っている。

「アオちゃん、久しぶりだね」

「あなたもお祭りに来たの？」

「そうだよ、雪雅さんに招かれたんだ」

凜が経緯を説明すると、アオはハッとした顔をして雪雅の前で膝を折った。

雪雅は苦笑を浮かべ、「子供がそのようなことをする必要はない」とアオを立ち上がらせる。

「アオ、凜から土産をもらったんだ。食べるか？」

「はい！」

雪雅が菓子の入った包みを開ける。中に入っていた花の形をした砂糖菓子を見て、アオは瞳を輝かせた。

「綺麗！　お花のお菓子？」

「花の形をした甘いお菓子だよ」

アオはこの菓子を初めて見たようで、しげしげと眺めている。そして三つあるうちの桃色の菓子を選び手に取った。

雪雅は緑色の葉っぱを模した菓子を、凜は残りの黄色の花の菓子をそれぞれ手にする。

凜はすぐに口に入れようとしたのだが、アオが菓子を手にしたまま食べずに眺め続けていたので、自分の分の菓子も彼女にあげることにした。

「アオちゃん、僕のもあげる」

「いいの？　あなたのがなくなっちゃうわ」

それを見て雪雅も自身の菓子を再び紙に載せ、そこに凜の分も載せて包み始める。そしてそれをアオに手渡した。

「これはお前が食べなさい。代わりに、お前たちの育てている無花果《いちじく》を凜に食べさせてやってくれ」

雪雅がそう言うと、アオは菓子の包みを大事そうに懐にしまい、凜の手を引いて歩き出す。

「無花果の畑に案内するわ。好きな実を取っていいからね」

「ありがとう、生《な》ってる無花果って初めて見るな」

アオに手を引かれる凜の後ろを雪雅もついてくる。

館の裏手に回ると、そこには野菜や果物などの作物を育てている畑が広がっていた。

「好きなのを取って」

「えっと……」

どれも立派な実が生っていて、凜は一番近くにある無花果に手を伸ばす。

「じゃあ、これを……」

「待て」

背後から雪雅に手首を摑まれた。

動きを止めると、雪雅が別の無花果をもいで差し出してくる。

「こちらの方が熟している」

「あ、ありがとうございます」

どぎまぎしながら無花果を受け取る。

意図せずに触れ合った指先が、静電気を放ったかのようにピリリと痺《しび》れていた。

――どうしたんだろ……。

雪雅を妙に意識してしまっている自分がいる。

その理由がわからず、だからこそ変な態度を取って雪雅を不快にさせてはいけないと、凜は心を落ち着かせるために息を吐く。

「雪雅様、他の果物もあげていいですか？」

「かまわない」


雪雅とアオは凜の様子に気づいていないようで、梨や柘榴《ざくろ》の収穫に向かった。

畑に生っている果実を次々にもらい、気がつけば両手で抱えきれないほどの量になっていた。

半分雪雅に持ってもらい、祭りの会場である館前の広場へ三人で戻る。

その道すがら、アオが残念そうに呟いた。

「柿も食べてほしかったけど、まだ青かったわ」

心底残念そうに言われ、凜は深く考えずに口にした。

「じゃあ、柿が食べ頃になったらまた寄らせてもらってもいいかな？」

「ええ、もちろん！」

アオがパァッと嬉しそうに破顔する。しかしすぐにおずおずと雪雅の顔色を窺い見た。どうやら、人間をこの山に招くには統領である雪雅の許可を仰ぐ必要があるようだ。

雪雅は鷹揚に頷き、「いいぞ」と言った。

「凜、秋が深まったらまた来てくれ。柿だけでなく、栗《くり》や筍《たけのこ》も美味《うま》い。アオの母親は料理が上手だから、お前のために旬の食材で馳走《ちそう》を作らせよう」

「わたしもお手伝いするわ！」

アオがすかさず声を上げた。

それに雪雅は目元を緩め、頷き返す。

そしてふと、誰かへ向かって語りかけた。

「かまわぬな？　ハルカゼ。ミドリにもこの旨を伝えておけ」

雪雅の言葉を受けて、木の上からアオの父親が翼を羽ばたかせながら降りてきた。そのまま跪き頭を下げる。

「……承知いたしました」

全く気配を感じなかったので突然アオの父親……ハルカゼが姿を現し、驚いてしまう。

「えっと、ハルカゼさん……？　いつからそこに？」

「ずっとだ。私たちが畑へ移動している最中から、木々の間から見ていた」

ハルカゼの代わりに雪雅が教えてくれた。

以前、アオをさらったとハルカゼに誤解され追いかけられたことがある。その一件があるから心配だったのかもしれない。

「ハルカゼ、凜に用があって追ってきたのではないか？」

「え？　僕に用事？」

心当たりがなく凜が首を傾げると、ハルカゼが片膝をついた体勢のまま、重い口を開いた。

「……貴様に、詫《わ》びを……」

——詫び？

何に対してだろうか。

凜が困惑していると、ハルカゼはぶっきらぼうな口調で最初に会った時の非礼を詫びてきた。

「娘を助けてくれたのに、かどわかしたと決めつけて襲ってすまなかった」

深く頭を下げられて、凜は慌ててしまう。

「もう気にしてませんから頭を上げてください。間違われるようなことをした僕にも非があったと思うし……」

凜がそう答えると、ようやくハルカゼが頭を上げてくれる。しかしその顔には怪訝そうな表情が浮かんでいた。

「……俺を許すと？　ただ詫びただけで？」

「え？　ええ……」

こんなに丁寧に謝罪され、凜の方が恐縮してしまったくらいだ。他に何か要求するつもりなど全くない。

そのことをハルカゼに伝えると、彼は眉間の皺を深くした。

「人間はわからん」

「えーっと？」

唸るように言われても、凜にも彼が何にこだわっているのかわからない。

すると雪雅が横から補足をしてくれた。

「十八年前、妖と人の大きな戦が起こった。その原因となったのが、私の弟だ。この妖の住処に忍び込んだ人間に弟はさらわれたんだ。そして妖たちは弟を取り戻すために人の里を破壊した。結界を解き人の里に捕らわれているであろう弟を探すために……。それが元で大きな戦が起こったんだ」

「え!?」

――それって、僕が千年以上先の時代に避難させられる要因となった戦？

その戦で、凜と弦空の父親は深手を負い命を落としたと聞いている。

まさかその戦が起こった背景に、雪雅の弟が絡んでいたとは……。

「雪雅さん、弟さんがいたんですか？　弟さんはどうなったんです？」

凛が矢継ぎ早に問いかけると、雪雅は視線を伏せながら答えた。

「……わからない。里の隅々まで探したらしいが、ついぞ見つけることは叶わなかったと聞いている。幼いとはいえ、弟も鬼の子。人に捕らえられて無事でいるはずはない」

つまり、捕らえられ命を奪われた、ということか。

凛は初めて聞いた話に驚きを隠せない。

十八年前の大きな戦は、妖たちが奇襲をかけて里を攻撃してきたと聞いていた。だからこそ、凛も雪雅に出会うまでは、妖は自分勝手な生き物だと思っていたのだ。

それがこんな事情があったとは……。

「私たちの父は、あの戦の前にすでに討たれていた。だから当時は私が統領となっていたが、幼い私には仲間をまとめることも、戦場に出向くことも、弟を取り戻すことも出来なかった。もし父が生きていたら……、私が幼子でなかったら……、弟は今もここで暮らしていたかもしれない。だから私は同じことを繰り返さないために、術者が容易に立ち入れないよう静山に結界を張ったんだ。私の力不足で弟は救えなかったが、仲間は守ろうと。私と同じ悲しみを、仲間に味わわせたくはない」

――だからハルカゼさんは、アオちゃんをさらわれたって誤解して襲ってきたのか……。

過去に大切な仲間を奪われていたから。

雪雅もこれ以上大切な人を失いたくなかったのだ。

雪雅は淡々と語ったが、ふと見た彼の手が拳《こぶし》を握り震えていた。

雪雅の悲しみと苦しみ、自責の念が伝わってくる。

凛は咄嗟に彼の拳を両手で包み込んでいた。

「凛……」

「ごめんなさい」

「なぜ、お前が謝るんだ？」

「だって……、何も、知らなくて……」

——妖も、傷ついていた……。

あの戦で、多くの術者を失ったと聞いている。

そのことばかりが頭にあったが、妖も仲間を失っていた。

そのことにどうして思い至らなかったのか……。

唯一の家族である弟を失った雪雅の姿が、凜の兄である弦空と重なる。

互いに敵対する関係だが、人も妖も、度重なる戦で仲間や家族を失っている。

——争っても、互いに傷つくだけだ……。

誰も幸せになどなれない。

それなのになぜ人と妖は戦うのだろう。

戦わずして解決する方法はないのか？

「もう、誰も傷ついてほしくない」

凜がそうこぼすと、雪雅の拳から力がフッと抜けていく。

視線を上げると、雪雅が面ごしに穏やかな眼差しで見つめてきた。

「私も同じ気持ちだ。人も妖も傷ついてほしくない」

雪雅は凜の手に指を絡める。

「私とお前は鬼と人という関係でも、こうして手を重ね合わせている。なぜ皆が同じように出来ぬのだろうな」

雪雅に手を握り込まれる。

その手から彼の体温が伝わってきて、凜の熱と同化していく。

雪雅が赤い瞳を細める。

その瞳には、どうしようもない悲しみが浮かんでいた。

彼と視線が交わった時、凜の心臓が一つ大きく拍動した。

——わかった……。

彼を前にすると落ち着かなくなる理由が。

数多の妖の頂点に君臨するほどの力を持ちながら、最後の鬼として家族を失い孤独と悲しみを抱えている雪雅。

彼の弱さを今初めて目にし、抱きしめたい衝動にかられた。

そうしたいと思ったのは、友情からではない。

もっと激しい感情が、凜の心を揺さぶった。

――雪雅さんのことが、好き……。

友人としての好きではなく、家族に対しての好きでもない。

いつからか、初めての恋に落ちていた。

――そんな……。

恋心を自覚したものの、すぐに受け入れられない。

なぜなら、雪雅は凜が討たなくてはならない妖の統領。

自分たちは術者と鬼なのだ。


それにどんなに想っても、彼は凜のことを友人以上には見てくれないだろう。

『お前は私の友人だ』

その言葉は彼が凜に友情以上の感情を抱いていないことを物語っている。

なら、自分もそのように振る舞わなくてはいけない。

凜は無理やり口角を持ち上げ、笑みを浮かべた。

「……僕と雪雅さんのように、人と妖が友達になれたらいいですね」

自身で放った言葉に心を裂かれそうだった。

凜の言葉に雪雅は緩く笑う。

「ああ、その通りだ。……ハルカゼ、凜の言葉をどう思った？　人間の中には他にも凜のような考えを持つ者もいるだろう。人と妖が歩み寄ることは出来ないだろうか」

「お言葉ですが、妖だというだけで人間は我らを疎んじています。姿を見るだけで敵意を向けてきて、攻撃してくる。人とわかり合うことは不可能でしょう」

ハルカゼが即座に返すと、雪雅が苦笑をこぼす。

「それは妖も同じではないか？　人間を見ると十分に話し合うこともせず、憶測で疑ってかかる」

ハルカゼはハッとした顔をし、凜とアオを見やる。凜と共にいるアオを見て、かどわかされたと思い込み、襲ったことを思い出したようだ。

「これまで妖と人との間で、幾度も戦が起こった。そのたびに新たな遺恨が生まれ、それが次の戦の火種となっている。その負の連鎖を止めるためには、人を許す心を持たなければいけないと思わないか？」

雪雅は過去に人間によって父や弟を奪われている。おそらく他の妖も同じように大切な者を戦で失っているだろう。

それはとても辛いことで、人間を恨んでも仕方ないことに思えた。

けれど雪雅は、人を恨む心が次の戦を生むきっかけになってしまっているから、人を許そうと言っている。

「私はもう人間と争いたくない。仲間と共に、ここで静かに暮らしたい。……そう願うのは、統領として失格だろうか？」

「……人を許すことで、これ以上仲間を失わずにすむと約束されるのなら、皆も雪雅様に従うでしょう。我らが何よりも大切にしているのは仲間ですから」

家族や仲間を奪われた悲しみは簡単に消えるものではない。

雪雅は心の痛みを押し込め、また大切な者を失わないために人間を許そうと言っている。

そしてその思いにハルカゼも頷いてくれた。

――これ以上、辛い思いをしてほしくない。

雪雅にも、彼の大切な仲間たちにも。

そしてそれは、弦空や里の人たちに対しても同じだ。

優しくしてくれた人々には、幸せになってもらいたい。

だからもう、妖と人間というだけで、争ってほしくないと思った。

——雪雅さんの願いを叶えたい。

雪雅は人間と争うことを望んでいない。

だったら人間も妖の討伐などやめて、互いの領土を侵さぬよう、ほどよい距離を保ってそれぞれ生活していけばいい。

鬼を討ち妖を殲滅するよりも、共存する道を選びたい。

そのために凜が出来ることは、里の術者に妖の想いを伝え両者が話し合う機会を作ることだ。

凜はようやく自分が本当にするべきことが見つかった気がした。


その時、心配そうに大人たちの話を聞いていたアオが、ハルカゼの手を引きおずおずと報告した。

「父様、さっきね、リンがお菓子をくれたの。可愛いお花のお菓子よ。食べてもいい？」

ハルカゼはアオが見せてきた菓子を見下ろし、「ああ」と言った。

アオはホッとした顔で菓子を一つ手に取ると、ハルカゼに差し出す。

「父様も食べて。きっととても美味しいわ」

ニコニコと笑うアオに促され、ハルカゼはやや躊躇いながらも菓子を口に運ぶ。

「……美味い。人の食べ物は、こんなにも美味いのか」

「そうでしょう？　母様にも渡しにいこう」

「ああ、そうだな」

アオが嬉しそうに笑みを深くし、ハルカゼの手を引く。

ハルカゼは雪雅に一礼してから、アオと並んで祭りに参加している母の元へ向かっていった。

凜が二人の後ろ姿を見送っていると、雪雅に声をかけられた。

「まだ帰らなくとも平気か？」

大丈夫だと頷くと、雪雅が「見せたいものがある」と言い手を引いて歩き出した。

館の裏手の畑を抜け、山の中へと入っていく。

雪雅と手を繋ぎ、ドキドキと胸を高鳴らせながら道なき道を歩き続ける。

――あれ？　この道って、もしかして……。

しばらくして周囲の景色に既視感を覚えた。

ここは千年以上も過去なのだから山の風景も変わっているが、方角的に神社の裏手に続く道を進んでいる。

凜が育った時代では、この先にはお社が建っていたはずだ。

そこでふと静山神社の由来を思い出した。

静山近辺は昔、妖の住処だったと言われている。そして蒔田の先祖がその妖を討ち、静山神社が建てられた。

――あの話は本当だったんだ。

妖は確かに存在していた。

そして、あの言い伝え通りなら、いつかはわからないが静山で暮らしている妖たちは……。

凜がそんなことを考えているうちに、小高い丘の上に到着した。

そこには一本の大木が生えており、雪雅はその木の下へと移動する。

「見てみろ、凜」

「なんですか？」

雪雅の肩ごしに覗き込むと、そこにはキラキラと儚《はかな》く輝く白銀の花が咲いていた。

「光る花……？」

「ある条件を満たした時にのみ咲く、希少な花だ。花弁が私の髪と同じ色をしているだろう？　この髪は鬼の血を引いている証ゆえ、同じ色を持つこの花は『鬼花《きか》』と呼ばれている」

仰々しい名前だが、陽光を受けて輝く花はとても綺麗だ。

凜は雪雅の横にしゃがみ込み、まじまじと花の美しさを堪能する。

「綺麗ですね」

「気に入ったか？」

「ええ、とても」

凜が即答すると、雪雅は顔につけている鬼の面を横にずらし、花を一輪手折った。

希少な花なのに摘んでしまっていいのだろうか。

心配して見守っていると、雪雅が鬼花を差し出してきた。

「凜にこの花を贈ろう」

「え、僕がもらってしまっていいんですか？」

「……ああ」

やや間を置いて雪雅が頷く。

「でも、僕、いつも雪雅さんの大切なものをもらってばかりで……」

耳飾りに不思議な力のある静山のわき水、さらにこの希少な花までもらってしまっていいのだろうか。

凜もお返しに菓子を差し入れているが、雪雅の方が貴重な品物を渡してくれている気がする。

自分も同じくらいの品を返したいと思うものの、着の身着のままこの時代にやってきた凜には何もあげられるものがない。

嬉しいけれど返すものを持たない凜は少々申し訳なく思ってしまう。

すると雪雅に手を取られ、花の茎を握らされる。

「凜がこれを受け取ってくれるだけで、私は嬉しい」

雪雅の瞳が赤みを増す。

いつになく真剣な瞳で見つめられ、胸の鼓動が速くなる。

「私のお前への気持ちだ。どうか、受け取ってくれないか？」

切迫した声音で告げられ、凜はありがたく花を受け取る。

花弁に顔を近づけると、雪雅と同じ匂いがした。彼が纏っていた匂いは香ではなく、この花の匂いだったのだ。

匂いが着物に染み込むほど、ここへ通っているのだろうか。

「……いい香りですね。ありがとうございます」

凜が微笑むと雪雅が柔らかく瞳を細める。

彼の髪を赤く照らす夕日のせいだろうか。雪雅の白い肌が紅潮して見える。手の中の鬼花も、同じ夕焼け色に染まっていた。

「もうじき日が暮れるな」

雪雅にそう言われ、太陽の位置を確かめると水平線に沈みかけていた。

「あっ、もうあんなに日が傾いてる」

ここは静山の奥深く。

ここから山を下りて草原を通って帰路についても、日の入りまでに帰り着けない。

凜は慌てて来た道を引き返そうとした。

すると雪雅が「里の近くまで送っていく」と言い、凜を抱き上げる。

「人の足では間に合わない。私の足なら日暮れ前に里へ戻れる」

言うと同時に、雪雅は地面から飛び立つ。

雪雅に羽根はない。

だから空を飛ぶことは出来ないはずなのに、木の枝を飛び移りながら進んでいるとまるで空を飛んでいるかのように錯覚してしまう。

凜は振り落とされないように雪雅にしがみつき、

その体勢で山を下り林を抜けた。

そこで下ろされると思ったのに、雪雅は凜を抱えたまま草原を駆け出す。

「雪雅さん、ここでいいです」

「大丈夫だ。里まで送り届ける」

でも、今日は年に一度の妖の祭り。統領の雪雅がたびたび山を下りてしまって平気なのだろうか。

凜が心配している間に、雪雅は草むらを出て里を囲む塀が見えるところまで連れてきてくれた。

「これ以上近づくと姿を見られる恐れがある。私が送れるのはここまでだ」

雪雅は人目につかない木立の影で凜を下ろしてくれた。

「十分です、ありがとうございました。おかげで日暮れに間に合いました」

凜は白銀の花弁を持つ花を掲げ、もう一度礼を言う。

「今日は楽しかったです。この花も大切にします」

「ああ」

雪雅が答えた直後、一陣の風が彼の髪を巻き上げ額が露になった。

髪の生え際に、コブのようなものが左右に二つ生えている。

——あれはもしかして、ツノ？

これまでも二人きりの時は面をずらしていたけれど、ちょうど髪に隠れて見えなかった。先ほどのように凜を抱えて風を切って移動する時なら髪が靡き見えただろうが、雪雅の顔を直視出来る状態ではなく、今までその存在に気がつかなかった。

——鬼って本当にツノが生えてるんだ……。

書物や巻物に書かれていた鬼のように大きくはないけれど、初めて目にする角に興味を持ち、凜はまじまじと見つめてしまう。

凜の視線に気づいた雪雅は、額の角を押さえ苦笑する。

「統領一族の血脈ならばもっと立派な角が生えるはずが、私はこのような小さな角しか持って生まれなかった。それを隠すために、この鬼の面を被っている」

鬼の面を他の妖の前で外さないのには、そういった理由があったのか。

人間の凜には持ちえない感覚だが、鬼として角が小さいというのは恥ずべきことなのかもしれない。

――そんなこと、気にしなくていいのに……。

角の大小などどうでもいいほど、雪雅は魅力的だ。外見も目を奪われるほど美しいが、心根も優しい。妖の頂点に立ち、人間よりも優れた力を持っているのに驕《おご》らず優しい雪雅。

飾らないその人柄に凜は惹《ひ》かれた。

雪雅に自信を持ってほしくて、思ったままを口にする。

「雪雅さんはこれまで僕が出会った誰よりも素敵な人です。僕は雪雅さんの全部が好きです」

その言葉を聞いた雪雅が目を瞠る。

彼の表情から、友人には言わないようなことを口ばしってしまったと慌ててしまう。

凜は取り繕うために再び口を開いた。

「あ、いえ、好きっていうのは、友達としてってことで……」

早口で補足すると、雪雅がフッと微笑んだ。

「わかっている。他に意味などあるまい」

そう言った雪雅の瞳が切なさを滲ませているように見えた。

――なんでそんな顔をするの？

何か失言してしまっただろうか。

「凜」

彼が一歩距離を詰めてくる。

「私も、凜が好きだ」

「……っ」

彼の口から聞くことはないと思っていた言葉。

それを唐突に向けられ、口元を覆い顔を俯ける。

――わかってる。

雪雅は友人として好きだと言ってくれたのだ。

それ以上の特別な感情は、この好きという言葉には込められていない。

それでも彼に好きと言ってもらえたことが嬉しくて、凜は肩を震わせた。

嬉しくて、涙が出そうになる。

凜は深く息を吸い込み、昂《たかぶ》った感情を鎮める。そして息を吐き出した後には、いつもの笑顔を作ることが出来ていた。

「また、会いにいきます」

「ああ。待っている」

別れを告げ、凜は木立から出る。

そして里へと続く道に足を踏み入れてすぐ、そこに立つ人影が視界に入り、ギクリと動きを止めた。

――どうして、この人がここに……。

烏帽子を被り、上等な狩衣を身に纏った男性は、術者のまとめ役として都から派遣されてきた明満。

彼はただの役人ではなく、妖の匂いを嗅ぎ分けられるという、特殊な力を有している。

明満は凜の姿を見つけると、ゆっくりこちらへ近づいてきた。

距離にして十メートルほどだろうか。

この距離にいれば明満の香の匂いが漂ってくるはずなのに、なぜか今日に限って匂いに気づかなかった。

凜の頬を強い風が撫でる。

――そうか、風上にいたから……。まずい、雪雅さんが！

きっと明満はもう雪雅の匂いを嗅ぎつけている。

そこの木立の影に鬼が潜んでいると……。

人間よりも俊敏に動ける雪雅なら、人に見つかっても逃げ切れるだろう。しかし、相手は妖討伐の責任者。ただちに里にいる術者に召集をかけるかもしれない。

凜は明満を雪雅に近寄らせないために、彼に向かって駆け出そうとした。

しかしそれよりも一瞬早く、雪雅が木立から出てきてしまう。

明満が雪雅の姿をとらえ、足を止めた。

凜は雪雅に向かって叫んだ。

「雪雅さん、駄目です、逃げてください……っ」

明満は凜の姿が見えていないかのように雪雅にだけ視線を注ぎ、ギリリと歯ぎしりをした後、憎々しげに言い放った。

「ようやく会えたな、雪雅……！」

「……雷鋼《らいごう》か？」

――雷鋼？

雪雅は明満に向かってそう呼んだ。

しかし目の前の男の名は明満だ。

これはいったいどういうことなのか……。

困惑して凜は雪雅と明満の顔を交互に見つめる。

雪雅は瞳を大きく見開き、「生きていたのか」と呆然と呟いた。

その直後、突然明満が激昂《げっこう》したように声を張り上げる。

「その名で私を呼ぶな！」

怒鳴られたのは雪雅だというのに、鬼気迫る声音に凜がビクリと身体を揺らす。

「ずっと、貴様を討つことだけを考えて生きてきた。それも今日でしまいだ……！」

明満は唸るように言い放ち、懐から短刀を取り出す。躊躇いなく鞘《さや》から身を抜き、右手で握り締めた。

「貴様だけは許さん……！」

明満は地面を蹴り、雪雅を狙って突進してくる。

──速い……っ。

瞬きをするわずかな間に、明満は凜の横を風のように通り過ぎ、雪雅に襲い掛かる。

あまりの素早さに何もすることが出来なかった。

「雪……、っ!?」

振り返った凜の目に映ったのは、飛び散る真っ赤な血。

斬られたのだと瞬時に理解し、全身の血の気がザッと音を立てて引いていく。

硬直する凜の視線の先で、左腕を押さえた雪雅に向かって明満が再び短刀を振りかざす。

考えるよりも先に身体が動き、明満の背中に飛びついた。

「邪魔をするな！」

明満は身を捩って凜を振りほどこうとしてきた。

細い身体のどこからこれほどの力が出てくるのかと思うほど、相変わらず明満の力は強い。

「邪魔をするのなら、お主も無事ではすまさぬぞ！」

向けられた敵意に、ぞっと鳥肌が立つ。

しかし、凜にとって自身の身の安全より雪雅の方が大切だった。

「雪雅さん、逃げてっ」

「凜……！」

呆然としていた雪雅が我に返り、凜を助けようと一歩踏み出す。

「僕はいいから、逃げてくださいっ」

明満が凜に向かって拳を振り上げた。

──殴られる……！

身を固くした時、里の方から声が聞こえた。

「光弦！」

こちらに向かって走ってくる男性は弦空だ。その後ろには下男に手を引かれた連翹の姿もある。

「……兄さん？」

凜の呟きを耳にし、明満の身体が揺れる。

「兄だと？　貴様はあの男の弟なのか？」

「は、はい、そうですけど……？」

明満は舌打ちし、凜の身体を力ずくで引きはがす。

「逃げられたか」

明満の独り言に反応し雪雅を探すが、すでにその姿は消えていた。

無事に逃げられたことに胸を撫で下ろしていると、明満にいきなり胸倉を摑まれた。

「あの時の黒猫の式……貴様が黒猫の式神を使う術者か？」

「は、はい」

「なぜそのような格好をしている？　そしてなぜ鬼と一緒にいたのだ？」

「そ、それは……」

矢継ぎ早に質問され口ごもっているところに弦空が到着した。


「明満様、弟が何かご無礼をしてしまいましたか？」

弦空は乱れた呼吸が整うのを待たず、明満に状況の説明を求める。

明満はようやく凜を放し、命令を下した。

「ただちに術者を集めよ。準備が整い次第、静山へ攻め込む」

——静山へ⁉

凜は予想外の言葉に驚き、言葉を失った。

それは弦空も同じだったようで、激しく動揺している。

「ただちに、ですか？　討伐は晩秋の予定だったはず。これほど急に、いったいなぜ……」

「この気配……鬼か」

弦空の言葉に連翹の呟きが被さる。

遅れて到着した連翹は、先ほどまで雪雅が立っていた場所へ進み、地面に染み込んだ血痕を指でなぞった。

「血が残っている。鬼に一太刀浴びせたのですか？」

連翹は明満に問いかける。

明満は血のついた刀を掲げた。

「この刀には私が調合した鬼に効く毒が塗ってある。並外れた回復力を持つ鬼であっても、この毒を塗り込めた刃《やいば》で斬りつければ、体内に毒が回り重傷を負わせることが出来る。いつ遭遇してもいいように常に持ち歩いていたのが幸いした」

「毒!?」

凜は青ざめる。

雪雅の身が心配で動揺してしまった。

その様子を見て、弦空が怪訝そうな顔をする。

「どうした？　明満様のおかげでお前の身は無事で鬼にも怪我を負わせられたというのに」

凜は血の気の引いた顔で頭を左右に振る。

「雪雅さん、僕をここまで送ってくれただけなのに……。こんなのひどい……」

雪雅は何も悪いことをしていない。

親切で凜をここまで送り届けてくれただけだ。

鬼というだけで、なぜいきなり斬られなければならないのか……。

憤りと悲しみで言葉を詰まらせると、明満が一歩前へ進み出た。

「今なんと申した？」

地を這うような、低い声音。

雪雅のことで頭がいっぱいで、思っていることをそのままぶつけてしまう。

「なんであんなひどいことをしたんですか？　鬼だというだけで命を奪おうとするなんて、そんなのおかしいですっ」

感情が昂り、明満の着物の胸元を握り締めていた。

上役にいきなり摑みかかった凜を、弦空が慌てて引き離す。

「光弦、どうしたのだ、いきなり。明満様に失礼だろう」

「だって、この人は雪雅さんを斬ったんですっ。何もしてないのに、いきなり……」

「待て、落ち着け。……雪雅とは誰のことだ？」

取り乱した凜を宥めながら、弦空が尋ねてくる。

凜は迷いなく答えた。

「雪雅さんは、鬼です。妖の統領の……。でも、雪雅さんは……」

「鬼!?　雪雅とは、明満様が斬ったという鬼の名なのか？」

弦空に大きな声で詰問され、凜は頭を振る。

「鬼だけど、雪雅さんは優しい人です。鬼だからって理由だけで、傷つけるのは間違ってます」

「何を言ってるんだ、光弦。鬼は我らがなんとしても討たなければならない存在。情けなど無用だ」

「僕はこの目で見たんです。妖の本当の姿を。巻物に書かれているような、残虐な存在なんかじゃ……」


そこまで一息に話した時、いきなり横から突き飛ばされた。反動で尻餅をついたところで、眼前に血に塗《まみ》れた刀の切っ先を突きつけられる。

「どうやらこやつは鬼に術をかけられ、心を操られているようだ。討伐の邪魔になる。集会所の牢《ろう》に閉じこめておけ」

明満に冷たい声音で言い渡され、信じられない気持ちで彼を見つめてしまう。

――術って……、操られてるって、なんでそんなことに？

啞然《あぜん》としていると、凜の隣に弦空が跪いた。

「お待ちを！　おそらく弟は気が動転しているのです。それに、先ほど明満様はただちに静山へ攻め入るようご命令を下されました。鬼を討つのなら、黒猫の式神を使役出来る弟の存在は必要不可欠です」

「いいや、もはや式神は必要ではない。この毒があれば、妖も鬼も討ち取ることが出来る。……ああ、応援が来たか。ちょうどいい、この者を捕らえよ」

後から駆けつけてきた術者たちに明満が命じて凜に縄をかけさせた。

「やめてくださいっ、誤解です！」

「その者の言葉に耳を貸すな。その者は鬼に術をかけられている。その者が口にするのは全て鬼の言葉だと思え」

「違いますっ。僕の話を聞いてくださいっ」

訴えは届かず、凜は術者たちに取り囲まれ力ずくで連れて行かれてしまう。

——どうしてこんなことに……。

本当のことを伝えようとしただけなのに、なぜ捕らえられないといけないのか。

なぜそんなにも強固に妖を悪者にするのだ？

——雪雅さんはただ、仲間と平和に暮らしたいだけなのに。

十八年前の大きな戦も、本《もと》を正せば人間が鬼の子をさらったからだ。妖たちは仲間を取り戻そうと里に立ち入っただけ。そこを人間に応戦されて、戦わざるを得なくなっただけだ。

これまでの人間と妖との戦いは、いつもこういった誤解がきっかけで起こったのではないだろうか。

——きちんと向き合って、話し合えば……。

闇雲に妖だから、鬼だから、と敵視するのではなく、彼らと向き合って話し合えば戦いなど起こらなかったかもしれない。

そうすれば、失わずにすんだ仲間もいたはずだ。

どこかでこの憎しみの連鎖を止めなくてはいけない。

唯一の肉親である弟を奪われた雪雅が、それをしてくれようとしていた。

それなのに、なぜ鬼というだけで雪雅を討とうとするのか……。

凜は納得出来なかった。

けれどこの状況では誰も凛の話に耳を貸さないだろう。

一縷《いちる》の望みをかけて弦空に視線で助けを求める。

けれど目が合った瞬間、無言で逸らされた。

――味方は一人もいない。

仲間だった人々から、一瞬で敵意を向けられてしまった。

ただ、妖の真実を口にしただけで……。

――誰にも僕の言葉が届かない。

不条理だと感じていても、凛はこの状況を打破するような術を持っていなかった。


大きな音を立てて、木製の蔵の戸を閉められる。

凛は呆然とその光景を眺めるしか出来なかった。

――なんで……？


何度目かわからない言葉を頭の中で呟く。

術者たちに引き立てられて、集会所の裏にひっそりと佇む土蔵のような建物に連れてこられた。

この蔵が丸々牢屋のようで、壁の上方に開いた小さな窓から月明かりが差すだけのとても暗い部屋だった。

ガランとした室内を見回し、壁を背にして座り込む。

――どうしよう……。

明満は今夜静山へ奇襲をかけ、妖を殲滅するつもりだ。

式神を使役している術者はもちろん、式を持たない者も、明満が調合したという毒を塗り込めた武器を手に、里で暮らす男総勢百人で攻め入ると言っていた。

式神は妖と戦う上で欠かせない存在だが、短時間しか具現化出来ないという欠点を持っている。長期戦となれば不利だ。

しかし式神が消えても毒を塗った武器があれば戦える。

あの毒の効力がどのくらいのものかはわからないが、鬼をも倒せるほどの効果があるのなら妖たちの身も危ない。おそらく皆必死に応戦するだろう。

そうなった時、かつてない大きな戦になりそうな予感がする。

凜はやりきれない気持ちで拳を握り締める。

——止められなかった。

自分が雪雅の想いを術者たちに伝え、人間と妖の長い戦いの歴史を終わりにしたいと思っていたのに。

雪雅が傷つけられたことで動揺してしまい、感情のままに話してしまった。

その結果、何も正しく伝わらずに、またも大きな戦いが起ころうとしている。

このままでは、妖も人間もどちらも大勢の犠牲者を出してしまうだろう。

そんな緊迫した状況なのに、牢に捕らえられ、身動きが取れない状態に陥ってしまっている。無力な自分が許せなかった。

凜は一つ深呼吸し、首から下げている紐《ひも》を引っ張った。先にぶら下がっている小さな巾着を開け、中身を手の平に乗せた。

それは雪雅から渡された赤い石の耳飾り。

凜は耳飾りを眺めた後、ギュッと握り込む。そうすると彼の存在を近くに感じ、少しずつ頭が冷静になってくる。

——皆を守りたい。

雪雅も、妖も、人間も。

誰一人失いたくない。

そのためには明満を説得し、術者が静山へ攻め入るのを止めないといけない。

凜は立ち上がり、唯一の出入り口である木の戸に近づく。

ためしに押してみるが、外側に何か重いものでも置いて開かないようにしているのか、ピクリとも動かない。

それでも諦めずに身体全体を使って戸を押してみる。

やはり開く気配はなかったが、外が急に騒々しくなった。

戸に耳をあて様子を窺うと、どうやらこれから静山へ向かうらしい。

凛はいよいよ焦り、戸を何度も叩《たた》いて声を張り上げた。

「待って！　行かないでください！　行っちゃ駄目です！」

誰も答えてくれなくとも叫び続け、手が痛むほど戸を叩いた。

「お願いです、静山には……」

「凛、ここにいたのか」

自分以外誰もいない室内からいきなり声が聞こえた。

驚いて暗がりに目を凝らすと、二つの小さな玉がギラリと光った。

「……伊織？」

「探したぞ、凛」

屈んで手を伸ばすと、フワフワの毛並みに触れた。

凛は伊織の身体を抱き上げ、腕の中に包み込む。

「伊織、会いたかった……！」

凛は愛猫の身体を抱きしめ頬ずりする。

伊織は不機嫌を現すように尻尾をユラユラと揺らした。

「どの口が言う？　私を置いていったくせに」

「……ごめん」

「ふん、まあいい。役目のために必要だったのだろうからな」

伊織は独り言のように呟くと、スルリと凜の腕の中から抜け出した。

「首尾よくいったようだな」

「なんのこと？」

「鬼に会ったのであろう？　そして鬼花を渡された」

「ど、どうしてそれを……」

伊織には鬼を討つ力がある。そのため、雪雅のことを知られないようにしていた。

それなのに、伊織は鬼花のことまで知っている。

驚いていると、伊織が鬼花をしまってある袂に鼻を近づけてきた。

「わかるぞ。もう何度も同じことを繰り返してきたのだからな。こうなるように、私がお前を鬼の元へ導いた」

伊織が目を細める。

どんな時も一緒にいた伊織。誰よりも信頼してきた家族のような存在なのに、今日の伊織には違和感を覚えた。

――伊織じゃないみたいだ。

元々あまり口数は多くなかったが、今日伊織が口にする言葉は、半分も意味を理解出来ない。

「伊織、なんだか変だよ」

「私が変？　それは違う。これでようやく鬼を討てる」

伊織の口から出た言葉に目を見開いた。

「鬼を討つ!?　なんで今……」

「鬼花が手に入ったからだ。私は鬼花を身の内に取り込むことによって、鬼に匹敵する力を持てるのだ」

――鬼花？

凜は咄嗟に着物の上から花を押さえる。

この花にそんな力があるだなんて、どの書物にも書いてなかった。

おそらく雪雅も知らないだろう。

知っていたら、凜にこの花を渡してくるはずがない。自身の命を脅かす花を……。

「本当に？　本当にこの花に鬼を倒す力があるの？」

「正確には、私の力を解放するために必要なものが、鬼花なのだ。私は本来は強大な力を有している。使役する術者の命を脅かすほどの力をな。そのため、普段は力を抑え込む術をかけられているのだが、その術をわずかな時間解放するために、その鬼花が必要なのだ」

「でも、この花、滅多に咲かないって聞いたよ？　いつ手に入るかわからないものを発動の鍵にするなんて……」

「この花が人の手に渡る時というのは、鬼の心につけ入る隙が出来た時だ。そんな時に私の力が解放されれば、鬼を倒すなど造作ない」

――つけ入る隙が出来た時？

答えをもらった端からまた新たな疑問がわき出てくる。

「どうして隙が出来るの？」

そう聞いた凜を、伊織は少々驚いたような顔で見上げてきた。

「お前、鬼花を渡される時に言われたであろう？」

「何を？」

「…………」

伊織はなぜか目を瞠り、長いため息をついた。

そして小声で呟く。

「今回の鬼は、ずいぶんと控えめなようだ。だが、そちらの方が好都合だろう。私にも今回ばかりは結果が予想出来ないしな」

先ほどから伊織は一人で勝手に納得してばかりで、こちらへの説明が不足している。

「伊織、ちゃんと説明してくれない？」

「……本来なら、鬼の口から伝えるべきことだが、今回の鬼は腰抜けのようだから私から伝えてやろう。

……いいか、この花が咲く時というのは、鬼が……」

伊織がようやく詳しい説明をしてくれようとした時、戸の外から声がした。

「光弦、いるか？」

「兄さん！」

凜は急いで戸に駆け寄る。

「明満様のご命令で、これより静山へ向かう」

「待ってください っ。そんなことをしたら、大きな戦が起こってしまう。でも、犠牲者を出さずにこの戦いを終わらせる道があるんです」

「何？ それはいったいどんな手だ？ それにお前はいつから鬼と繋がりを持っていたんだ？」

弦空が凜の言葉に興味を持ってくれた。

今しかないと思い、凜は雪雅のことや静山で暮らす妖のこと、人がもう攻めてこないと確約するのであれば彼らはこれまでの遺恨は水に流すつもりがあることを立て続けに話した。


「だから、僕たち人間も妖を許しましょう？ そうすればもう妖と人が命をかけて戦わなくてすむんです」

話し終わっても戸の向こう側から返事はなかった。ちゃんと話を聞いてくれたのか不安になり始めた頃、ようやく弦空の声が聞こえてきた。

「妖が忘れても、私は父を奪われたことを忘れられない」

凜は弦空の胸中が痛いほどわかり、悲しみに顔を歪める。

父を失ったことは、確かに忘れられるような出来事ではない。

しかし、その原因を作ったのは人間側なのだ。

「兄さん、十八年前の戦のきっかけを作ったのは、人間だと知ってますか？ 人間が妖の住処に侵入して、鬼の子をさらったんです。その子を取り戻すために、妖たちは人の里に攻めてきたそうです」

「なんだと？」

十八年前の戦が起こった時、弦空は四歳の子供だった。詳細を知らなくとも無理はない。

初めて知った事実に弦空は言葉を失っていたが、やがて覚悟を滲ませた固い声音で告げてきた。

「……妖を殲滅することが我々術者の本懐だ。そのためなら、どのような犠牲も厭《いと》わない。この命をかけて、妖を討つ」

弦空の言葉に、息を飲む。

やはり家族を奪われた恨みは、簡単に消しされるものではなかった。

——僕はなんの力にもなれないのか……。

このままでは戦を止めることが出来ない。

また多くの犠牲者を生んでしまう。

悔しくて唇を噛みしめていると、弦空が声のトーンを落とし語りかけてきた。

「だが、一つだけ心残りがある。それは光弦、お前のことだ。これから起こる妖との戦で術者の多くが命を落とした場合、お前を元の時代へ戻してやれなくなるかもしれない。それを詫びさせてくれ」

——兄さんも、わかってるんだ……。

これが妖との最後の戦いになるかもしれないことを。

いや、最後の戦いにするべく、命がけで挑むつもりなのだ。

——皆を失いたくない……！

まだきっと出来ることがある。

命をかけた戦いが繰り広げられるかもしれないというのに、自分はなぜこんなところにいるのだろう。

——僕がいるべき場所はここじゃない。

「兄さん、僕をここから出してください」

「それは出来ない」

「出してください。ここから出してくれるだけでいいんです。他は何も望みません。元の時代に帰れなくなってもかまわない」

「………」

弦空は長い時間考えていた。

そして外で物音がした後、戸が開いた。

凜は伊織を抱え外へ駆け出す。

外には弦空の他に、連翹と彼の下男の姿もあった。

「兄さん、連翹さん、ありがとうございます」

弦空は複雑な顔で先に立って歩き出した。

「他の術者はすでに里を出た。私たちも急いで後を追わなければいけない」

「僕も行きますっ」

凜も弦空の後を追う。

弦空の言葉通り、里にいる若い男は全員山へ向かったようで、いつもより静かだった。

人の気配が消えた里を出て、静山へと繋がる林を目指す。

道中、誰も口を開かなかった。


ピリピリとした空気を感じながら、林へ到着する。

ここから先の道がわからないらしく、先頭を歩いていた弦空が足を止め、今度は連翹が道案内として前へ立ち歩き出した。

連翹は視力が弱いけれど、妖の妖気が見える。おそらくそれを感じ取り、静山までの道をたどっているのだろう。

明満も同じく妖の匂いを嗅ぎ分けられる。特別な力を持つ明満なら妖たちの里に張られた結界も容易に探し出し破ってしまえるのかもしれない。

一足先に里を出た明満たちの一行はどの辺りだろうか。

――早く、早く行かないと……っ。

焦燥感を募らせながら、先を急ぐ。

連翹の後に続き、林を抜けてようやく山の麓にたどり着く。

そこで胸元に入れていた伊織がひょっこり顔を出

し、鼻をひくつかせた。

「焦げ臭いな」

確かに木が燃えているような臭いがする。

胸騒ぎを覚え、凜は山の斜面を走って登り出す。

何度も滑り落ちそうになりながらも頂上付近まできた時、赤々と立ち上る火柱を見つけ、歩みを止めた。

——嘘……。

頂上から立ち上る炎。

あの辺りには妖の家屋が建ち並んでいた。

まさか、それらが燃えているのか……?

凜は震え出した足に力を入れ、残りの斜面を登りきる。

そして眼前に広がる光景に言葉を失った。

昼間訪れた時は、ここで祭りが開かれていた。

華やかな飾りをつけた妖たちが笑顔で踊り、歌っていた。

それが今や家屋は燃え、中央に組まれていた櫓も無惨に倒され、怒号と悲鳴が飛び交う中で人と妖が入り交じり戦っている。

「そんな……」

壮絶な光景に、凜は膝から崩れ落ちる。

——めちゃくちゃだ。

妖の住処が。

雪雅が大切にしていた場所が、見る影もなく荒されている。

凜の瞳から涙がこぼれ、乾いた土に染み込んでいく。

——遅かった。

守ることが出来ず、凜は悔しさから身体を震わせる。

その時。

背後から悲鳴が聞こえた。

反射的に振り返ると、弦空の前に小さな子供の姿があった。

「あれは……」

アオだ。

アオに気づき、急いで斜面を滑り降りる。

怯《おび》えて丸くなるアオを背後に隠すようにして、弦空と対峙する。

「やめてください、兄さん！」

「どけ、光弦。それは妖だ」

「嫌です。この子はまだ子供です。乱暴なことはしないでくださいっ」

「子供といえど、妖だ。妖は全て討たねばならん」

弦空は恐怖で震えているアオを睨《にら》みつけ、懐から札を取り出す。祝詞を唱えると、札は大きな鷹に姿を変えた。

——これが、兄さんの式神……。

伊織以外の式神を初めてこの目で見た。

鷹は主である弦空の頭上を旋回し命令を待っているようだ。

「式よ、この妖を襲え」

弦空のその言葉に、鷹の瞳がアオを捕らえる。

「お前の鋭い爪で、この妖の皮膚を裂け」

その直後、鷹が迷いなくアオに向かって急降下した。

——危ない！

凜はアオを腕に抱き込み丸くなる。

鷹の爪を受ける覚悟をしていたが、意外にも鷹は凜を避けて再び空へと高く羽ばたいた。

「光弦、妖を離せ。離さぬと式が攻撃出来ない」

どうやら本来式神というものは、主の命令に忠実に従うらしい。攻撃対象であるアオ以外は攻撃しないようだ。

「光弦！　私は式神を長く出現させられない。その妖から離れるんだ！」

常に猫の姿をしている伊織が特別で、通常は短時間しか式神を具現化出来ない。

それならその式神が札に戻るまでこのままアオを抱きかかえていようと思った。

ところが、弦空は痛々しい声音で告げてきた。

「式神が消えたら、この刀で斬らねばならん。……私にそのような童子を斬らせないでくれ……っ」

——兄さんにも迷いがあるんだ。

妖とはいえ、アオはまだ子供。

人とほぼ変わらぬ姿をしているアオを、自らの手で斬りたくはないのだ。

弦空が父の仇として妖を憎んでいるのも本心だろうが、まだ年端もいかぬ幼い妖まで殺《あや》めることには躊躇いがある。

「弦空、そこにいるのか？」

連翹がおぼつかない足取りで斜面を登ってきた。

けれど途中で突然足を止め、スッと表情を消す。

「……そこに、弱々しいが妖気を感じる。それにお主の式の羽音も聞こえる」

そう呟き、弦空の返答を待たずに連翹は札を取り出した。

「加勢する。我が式よ、姿を現せ！」

連翹が祝詞を唱え始めたのとほぼ同時に、これまでただ震えていたアオが突如として叫んだ。

「走って！」

一瞬誰に向けて放った言葉かわからなかった。

反射的にアオに視線を送ると、彼女は凜でも弦空でもなく、祝詞を唱える連翹を見つめていた。

「真っ直ぐ走ってっ。木が倒れてくる！」

辺りに充満している煙の中から火のついた大木が現れ、連翹に向かって倒れてきた。

そのことに弦空も気づき叫ぶが、弱視の連翹は状況を把握出来ていなかった。

下男が連翹の手を引いて避難させようとしているが、間に合いそうにない。

「連翹さん！」

凜が叫んだ直後、疾風が通り抜けた。

連翹に向かって鳥が飛んでいく。

一瞬、弦空の式神の鷹かと思ったが、そうではなかった。

打掛を落とし、羽根を露にしたアオが、風のような速さで飛んでいった。

そしてそのまま減速することなく連翹に体当たりし、共に体勢を崩しながら倒れ込む。

燃え盛る木が地面に倒れ、凜と連翹の間を分断した。

「アオちゃん！　連翹さん！」

「連翹！」

駆け寄ると倒れた木のすぐ近くで、アオと連翹が折り重なって横たわっていた。

「アオちゃん、大丈夫？」

「連翹、無事かっ」

二人は意識を失っていたが、連翹は弦空に呼びかけられるとすぐに目を覚ました。

「……弦空か？　いったい何が起こった？」

連翹は身を起こそうとして、身体の上に何かが乗っていることに気づいたらしい。

手でアオの頭をそろそろと撫で、それが何かを確かめている。

弦空はフッと息を吐き、脱力したように座り込む。

「今お前が撫でている妖が、助けてくれたのだ。自身の危険も顧みずに、倒れてくる木からな」

「妖!?」

連翹は慌てて手を引っ込め、上半身を起こす。

その振動で意識を取り戻したようで、アオが瞼を持ち上げる。

そして自分を見下ろし身を強張らせている連翹を見て、にっこり微笑んだ。

「よかった、助かったのね」

「…………！」

連翹はアオの言葉にますます顔を強張らせる。

「……妖よ、なぜ人である私を助けた？」

「わたしが助けなかったら、あなたが木の下敷きになってしまうからよ」

「それだけか？　恩を売って、とんでもない見返りを要求するつもりではないのか？」

アオは首を傾げながら不思議そうに尋ね返す。

「人間は見返りが欲しくて優しくするの？　わたしたちはそんなもの欲しくない。自分がしたいからするだけよ？」

「その言葉を信じろと？　妖に生涯癒《い》えぬ傷を負わされた私に？」

「傷？　その目、妖がやったの？　ごめんなさい、もう痛くはないかしら」

連翹は驚いたように目を瞠り、そして毒気を抜かれたようにため息をついた。

「……もうよい。痛くはない。それに、お前が謝ることでもない」

連翹が落ち着いた声音でそう告げると、アオは安堵して腹の上から下りた。

連翹も立ち上がり、握り締めていた札を懐にしまう。

「助けてもらった礼に、お前のことは見逃す。この場から立ち去れ」

アオは首を振る。

「ここに隠れていなさいって言われたの。父様が迎えにくるまでここで待つわ」

「ハルカゼさんが？　ハルカゼさんや雪雅さんはどこにいるの？」

「日が沈んだ後に、雪雅様が血を流しながら戻ってきたの。わき水も効果がなくて、何をしても血が止まらなかった。そんな時に人間たちが攻めてきて……。怪我した雪雅様を守るために、父様たちが強引に鬼花が咲く丘へ連れていったわ。あの場所には鬼の一族以外が勝手に立ち入れないように特別な結界を張ってあるから。鬼である雪雅様の身体に触れた状態なら他の者も結界を通り抜けられるから、父様がお供しているわ」

「鬼花……」

凜は燃え盛る炎の向こうに見える丘を見上げる。

幸い道は知っている。近くまで行って雪雅に気づいてもらえれば、結界内に入れてくれるだろう。

「僕が様子を見てくる。だからアオちゃんはこのままここに隠れていて」

アオは不安そうな顔をしながらも頷いてくれた。

茂みの中に隠れたのを見届け、凜は丘を目指して斜面を登り始める。

「待て。どこへ行く？」

「兄さんたちはここにいてください」

「何を言ってるんだ、私たちも共に行く。鬼の元へ行くのだろう」

アオとの会話から、凜が鬼の元へ向かうのだと悟った弦空と連翹も後を追ってくる。

恩人であるアオは見逃してくれたが、妖の統領である雪雅のことはなんとしても討ち取るつもりだろう。

弦空は父を、連翹は視力を妖に奪われている。妖に対し大きな憎しみを抱いている二人を雪雅の元へ連れていくわけにはいかない。

凜はなんとか二人を振り切ろうと、急いで斜面を駆け上がった。

戦場と化した妖の里を駆け抜け、炎に包まれている雪雅の館の裏手に回る。

丘へと続く小道に入る前に振り返って二人の様子を確かめると、視力の弱い連翹を気遣って俊敏に動けない弦空はどうやら凜を見失ったようだ。辺りをキョロキョロ見回している。

凜は地面に転がっていた火のついた松明《たいまつ》を手に取り、二人から目を逸らす。

「ごめんなさい、兄さん」

ただ一人の肉親を振り切って、自分は父の仇とも言える妖の統領を助けにいこうとしている。

父が妖につけられた傷が元で命を落としたことはとても悲しい。それによって一人残された弦空が寂しい幼少期を過ごしたことにも胸が痛む。連翹が妖によって視力を奪われたことも気の毒だと思う。

けれど、凜はどうしても妖を嫌いになれない。憎むことなど出来ない。

妖が自分たちと同じように仲間や家族を大切に想っていることを知ってしまったから、恨むことなど出来なくなった。

雪雅に優しくされ、彼を好きになったから、失いたくない。

凜は丘の上にいる雪雅に一刻も早く会いたくて、獣道を何度も転びそうになりながら走り続け、丘の上にたどり着いた。

開けた草原に、一本の樹木がそびえ立っている。その根本には数本の白銀色の花が生え、同じ髪の色の赤い面を被った鬼が座り込んでいた。

「雪雅さん！」

その名を声の限り呼び、雪雅に駆け寄る。

ゆっくり顔を上向けた雪雅は凜の姿を認め、目を見開いた。

「凜、なぜここに……」

「アオちゃんに教えてもらったんです。ここにいるって」

凜が告げると、木の上から羽ばたきが聞こえてきてハルカゼが地面に降り立った。

「アオは無事だったか!?」

「ええ。ハルカゼさんに言われた通り、隠れてます。あの場所なら見つからないと思います」

ハルカゼがホッと胸を撫で下ろした。

「雪雅さん、怪我をして血が止まらないって聞きました。それって明満様に斬られた傷ですか？」

彼の前に身を屈め、布で固く縛って止血を施されている腕の状態を確かめる。

まだ止まっていないようで、巻いた布地は真っ赤に染まっていた。

――これは毒のせい……？

明満の刀には強力な毒が塗ってあったそうだ。鬼の回復力をも凌《しの》ぐほどの毒は、雪雅の身体に確実にダメージを与えている。

「心配をかけてすまないな。少し斬られただけだ。じきに止まる。……それよりも、皆はどうだった？　火の手が見えるが……」

雪雅が心配そうに声のトーンを落とす。

真実を伝えるのが心苦しかったが、凜は自分が見た状況をありのまま伝えた。

雪雅は妖たちが苦戦していると知ると、すぐさま立ち上がり自分も加勢に向かおうとした。

しかしそこをハルカゼに止められてしまう。

「ご辛抱ください。そのようなお身体で術者たちの前に出たら、雪雅様の御身が危ないです。我ら仲間を信じ、せめて血が止まるまではこちらにいらっしゃってください。この丘の結界は、人には破られませんから」

「しかし……」

「どうか、お願いいたします。生存している鬼は雪雅様のみ。統領を失ったら我らはどうしたらいいのか……」

雪雅は迷っていたようだが、ハルカゼに説得され、傷の回復に努めることにしたようだ。

地面に座り直し、ハルカゼに妖秘伝の止血薬を傷口に塗り込めてもらう。

布の下から現れた傷口からは、止めどなく赤い血が流れていた。

痛々しくて見ていられず、咄嗟に目を背けてしまう。

手当てが終わるのを待ちながら、凜はアオが言っていた結界のことを思い出した。

「そういえば、なんで僕はここに入れたんでしょうか？　鬼しか入れない結界があるのに」

結界の内側に入るには、鬼に触れていなければいけないはず。しかし難なく丘の上にいる雪雅の元へ来てしまった。

不思議に思っていると、雪雅が口を開いた。

「ああ、それは……」

「これであろう？」

雪雅の言葉を遮り、凜の服の中から黒い毛玉が頭を出す。凜は驚いて悲鳴を上げそうになった。

「い、伊織!?」

「なんだ、私を連れているのを忘れていたのか？」

「あっ」

そういえば、里から出る時に伊織を服の中へ入れたのだった。

あまりにも伊織が大人しく、また、赤ん坊の頃から一緒にいたため、服の中に入れたことをうっかり忘れここまで連れてきてしまった。

――よりによって、伊織を連れてきちゃうなんて……。

伊織は鬼を討つ力を持つ式神。

雪雅にとって脅威の存在。

そんな式神に雪雅の居場所を知らせてしまうなんて、とんでもない失敗だ。

伊織は狼狽《うろた》えている凜の服の中から小さな巾着を咥《くわ》え器用に引っ張り出す。

「この中から鬼の濃い気配を感じる。何か鬼に由縁のあるものが入っているのではないか？　これを身に着けていたおかげで鬼しか抜けられない結界を通れたのだろう」

「雪雅さんからもらった耳飾り……？」

耳飾りについている赤い石は、彼の父である鬼の血で作られたもの。そのおかげで結界が効かなかったようだ。

「お前が凜のツガイとなる鬼か」

――ツガイ？

いったいなんのことだ、と伊織に問う前に雪雅が伊織を凝視しながら言った。

「黒猫……。父を討った式神か？　なぜここに……」

「覚えているのか。お前はまだ幼かったのに」

伊織の言葉に雪雅が低く呟く。

「忘れることは出来ない。母が父を討ち取ったのを、この目で見たのだから……。あの光景を忘れられるわけがない」

――雪雅さんのお母さんがお父さんを？

どういう意味かわからなかった。


困惑していると、唐突に雪雅に突き飛ばされた。

そこへ小刀が飛んできて木の幹に突き刺さる。

「刀……？　誰がこんなものを……」

凜が呆然と呟いた時、草を踏みしめこちらへ近づいてくる足音が聞こえた。

「避けたか。小賢《こざか》しい」

その場にいた全員の視線が声の主に集中する。

狩衣を着て烏帽子を被った公達《きんだち》。

この場に一番現れてほしくなかった人物が、腰に下げた刀を鞘から抜き取った。

「明満様!?」

――結界が張ってあるのにどうやって……。

でも今はそんなことを考えている場合じゃない。

きっとあの刀にも毒が塗ってあるだろう。

明満は雪雅の命を奪うつもりだ。近寄らせてはいけない。

なんとしても雪雅を守ろうと彼の元へ駆け寄ろう

とした。

明満はそんな凜には目もくれず、地面を蹴って跳躍する。

真っ直ぐ向かっていく先で雪雅が立ち上がる。

助けようと急ぐが、二人に追いつく前に、すでに明満の刀を雪雅が軽い身のこなしで避けていた。

明満は口惜しげに歯ぎしりし、烏帽子を振り落としながら何度も雪雅に向かっていく。しかし雪雅の方が動きが速く、いっこうに刀はあたらない。

「あなどりおって……！　貴様には私と同等の絶望を味わわせてから命を奪ってやる！」

腹の底から絞り出したような低い声で雪雅に向かって言うと、明満は凜に視線を移す。

前髪に隠れている瞳と視線が交わったと感じた直後、明満が不気味な笑みを浮かべた。

「な、何……？」

本能的に恐怖を感じ一歩後退る。


雪雅も不穏な気配を察知したようで、凜の元へ向かおうとした。

けれどそれよりも早く明満が凜の背後を取り、腕で首を締めつけてきた。

「く……っ」

腕を外そうと爪を立てるが微動だにしない。

それを見て、すぐさま雪雅が助けようとしたが、明満に見抜かれてしまう。

「動くな。わずかでも動いたなら、こやつの首を掻き切る」

凜の眼前で刃が鈍く光る。

雪雅は「凜を離せ」と怒りをはらんだ声音で明満に要求した。

「凜は関係ない。お前が憎んでいるのは私だろう」

「はっ、関係ないだと？　この者からは貴様の匂いが濃く香っている。私の鼻は誤魔化せないぞ」

喉の奥で明満が笑う。

「大切な者を失い、たった一人になる苦しみを味わわせてやろう。この者を奪った後は、静山の妖どもだ。貴様に関わった全ての者の命を奪ってやる」

「私だけにしろ。他の者に手出しするな」

「断る。これが貴様への復讐なのだから」

首にかけられた腕がさらに締まる。

「知っているか？　この者は黒猫の式神を従えている。つまり、鬼を討つ使命を負っているのだ。貴様、この者に鬼花を渡しただろう？　貴様は騙されていたんだ、この者にな」

——違う。

決して騙すつもりなんてなかった。

しかし、この状況は疑われても仕方ない。

雪雅に自身のことを、何も話していなかったのだから……。

凛は唇を噛み下を向く。

雪雅の顔を直視出来なかった。


その時、明満が凛を拘束している腕を離し、背中を強く押してきた。

「気が変わった。そこの鬼を討て。それがお主の役目なのだろう？」

体勢を崩して雪雅の前に倒れ込む。地面についた両手が震えていた。

「……ごめんなさい」

凛の唇から小さな謝罪の言葉がこぼれた。

——黙っていてごめんなさい。

騙すつもりなんてなかった。

ただ、傍にいたかったから、言い出せなかっただけで……。

きちんと説明して謝りたいのに、後に続く言葉は声にならなかった。

雪雅は身じろぎ一つせず、一言も発さず、ただじっと佇んでいる。

そのままどちらも言葉を発することなく数秒の時

が流れ、まず最初に痺れを切らしたのは明満だった。

「何をしているのだ！　早く討ち取らぬか！」

明満の檄《げき》が飛ぶ。

凜はそれでもじっと雪雅の反応を待つ。

すると、前触れもなく空から大粒の雨が落ちてきた。

その雨はあっという間に激しさを増していき、着物をぐっしょり濡らしていく。

しばらくしてハルカゼの声が辺りに響き渡った。

「その髪……。まさか、あなた様は……！」

その声につられて明満を振り返り、目を瞠った。

――白銀の髪!?

明満の髪が黒から白銀へと色を変えていたのだ。

いや、正確にはところどころ黒い部分が残っているが、雨に打たれるにつれ、黒色が洗い流され白銀へと変わっていく。

――髪を染めていた……？

着物の肩口に黒い染みが出来ている。

そして濡れて額に張りついた前髪の間からは、隆起した角と、血のように赤い瞳が覗いていた。

「鬼……？」

凜がポツリと呟くと、それに反応して明満の瞳が赤みを増す。

「違う！　私は人だ！　そやつと一緒にするな！」

明満は否定したが、今の彼の姿は鬼である雪雅と同じ特徴を有している。

ふと雪雅が明満のことを別の名前で呼んでいたことを思い出した。

そして、昔人間にさらわれたという彼の弟のことも……。

――もしかして、明満様は……。

「雪雅さんの、弟……？」

「黙れ！　……この姿を見られたのなら、貴様も生かしておけん！」

明満が顔を歪め、凜に向かって突進してきた。

人間には出来ない俊敏な動き。

それもまた、彼が鬼であることを裏づけている。

――斬られる……！

明満が人であったのなら、どうにかして逃げられるかもしれない。しかし彼は鬼。雪雅の身体能力の高さを知っている凜は、同等の力を持つであろう明満からは逃れられないと覚悟する。

明満が刀を振り下ろすのを確認し、きつく目を瞑った。

「…………っ」

視界を閉ざした凜の耳に何かが割れる音が届き、次に温かい液体が頬を濡らす。

辺りには血の匂いが広がった。

状況から考えて斬られたはずなのに、その衝撃は訪れていない。

凜はそろそろと目を開ける。


「どこも、痛くない……？」

唖然とする凜の指先にコツンと何かが触れる。眼下に二つに割れた面が落ちていた。

――このお面……。

視線を上向けると、銀色の長い髪をたなびかせた男が背を向けて立っていた。その髪にはところどころ赤い染みが出来ている。

「雪雅さん……？」

雪雅の足元に徐々に血だまりが広がっていく。

雪雅が自分を守るために斬られたのだと、ようやく状況を理解した。

「っ……」

雪雅が膝を折り、胸元を押さえる。

その向こう側には、返り血で顔を赤く濡らした明満が立っていた。

「雪雅さんっ」

足にも手にも力が入らない。震える身体を叱咤《しった》し、雪雅の肩に触れる。

その刺激だけで傷口が痛むのか、雪雅が低く唸り声を上げた。

「雪雅さん、雪雅さんっ」

「凜……」

「ごめんなさい、僕……」

ざっくりと胸を斬られた雪雅を見て、色々な感情が一気に噴き出し涙が溢れた。

「僕は、あなたに隠し事をしてたのに……。どうして……っ」

なぜ助けてくれたのか。

凜が命を落とせば、鬼である雪雅は討たれる心配がなくなるのだから、明満に斬らせせればよかったのだ。

――それなのに、なぜ……。

「雪雅様、すぐに手当てを！」

ハルカゼが飛んできて凜を押しのけ、雪雅の正面へ回り込んだ。

刀傷から流れる血を止めようとして、ハルカゼは驚愕《きょうがく》に目を見開いた。

「雪雅様、そのお姿はいったい……」

雪雅は気まずそうにハルカゼから顔を逸らす。

「ハルカゼ、私は……、うっ」

雪雅が苦しそうに咳《せ》き込み、口からも血が滴った。

「雪雅さんっ」

「心配ない」

雪雅は苦しそうな息を吐きながら、口角を上げ笑みを浮かべる。

こんな状況になっても毅然《きぜん》とあろうとする態度に、かける言葉が見つからない。

「……どうして、そやつを庇《かば》った？　妖に仇《あだ》なす術者を」

刃から血を滴らせ、凜と同じ質問を明満が口にする。

雪雅ははっきりとした口調で答えた。

「凜を失いたくないからだ」

「そやつは妖の敵だぞ?」

雪雅が目を細め、フッと小さく笑う。

「人が妖の敵、か。そんな風に考えたことはないな。お前もそうなのではないか? 私と同じく、鬼と人、両方の血が流れているのだから。私は妖も人も、どちらも大切に想っている」

――人と鬼の血……。

雪雅は人と鬼との混血ということか?

二度目に会った時、凜の前で彼は面をずらし、問いかけてきた。

『お前の目に、私はどう映る?』と。

あれはどちらでもある存在ゆえの質問だったのか。

雪雅は妖の統領でありながら、人の血が流れていた。だから人である凜と話し、友人になりたいと思ったのかもしれない。

その時、突如周囲に明満の乾いた笑い声が響いた。

「貴様と私は違う。私は妖を憎んでいる。十八年前、私を見捨てた貴様らを葬るために、神祇官となりこの地に来たのだ」

「待て、何を言っている? 見捨ててなどいない。あの時、すぐに人の里へ奪い返しにいかせた。しかしお前の姿はどこにもなく、激しい戦いの中で術者に殺められたのだろうと聞かされて……」

「里へ? 私をさらったのは里の術者ではなく、出世を狙った都の貴族の手の者だ」

雪雅がハルカゼに視線を送る。

ハルカゼもその事実を知らなかったようで動揺していた。

「我々はてっきり術者の仕業だと思い込んでおりました。まさか都からの差し金とは……」

雪雅は俯き顔を覆う。

「里の者は関係なかったのか……。それなのに私は人の里に妖を向かわせてしまった」

声が震えていた。

きっと自責の念にかられているのだろう。

弟をさらった相手を見誤り、妖を無関係の術者の里に送り込んだことで、大きな戦が起こってしまった。

これまでの術者と妖の対立を考えればそう思っても仕方ない。けれど雪雅は己の間違った判断で両者の間に新たな火種を撒《ま》いてしまっていたことを悔いていた。

「貴様は愚かな統領だ」

雪雅に追い打ちをかけるように、明満が言い放った。

「私は生きていた。私が都へ連れていかれた後どのような目に遭ったか、貴様には想像もつかないだろう？　妖を殲滅することで出世を狙った貴族の養子にされ、歪《いびつ》な術を幾重にもかけられ鬼の力の大部分を封じられ、逆らったら命はないと脅された。そうして仲間を……妖や鬼について、知っている限りの情報を無理やり吐かせられて、毎日毎日、妖を殺す術を叩き込まれたんだ」

離れていた十八年間の明満の生活を知り、雪雅が息を飲んだ。

――ひどい……。

明満にそんな過去があっただなんて思いもよらなかった。

彼は上等な仕立ての狩衣に身を包み、手に持つ笏一つとっても、最上級の材質のものを使っていた。身なりも言葉遣いも振る舞いも都の貴族そのもので、そのような扱いを受けて育ったなどと、想像も出来なかった。

「貴様は最後の鬼として、大切に育てられたのだろう。私は鬼であることを隠すために、手間をかけて髪を黒く染め、額と瞳をさらさぬよう隠し、鬼の血の匂いを嗅ぎつけられぬよう香を強く焚きしめて……。そうして、人間どもよりも何倍も努力して今の地位に就いた。そうしなければ、私は養父に殺められる。生き延びるために、人のふりをするしかなかった」

「雷鋼……」

「その名で呼ぶな！」

明満が血の滴る刀を雪雅の眼前に突きつける。

「貴様と私は違う。同じ血が流れていても、鬼でいることを望まれた貴様と、人にならなくては生きていけなかった私では、何もかもが違う」

冷たく響く声音。

けれどその声色に、どうしようもない悲しさの音が混じって聞こえた。

雪雅は刀を突きつけられても微動だにせず、「同じだ」と呟いた。

「私もお前も、人か妖、どちらかを装わねば生きていけなかった」

「はっ、同じなものか。貴様は統領として妖たちに敬われているくせに」

「それは私を純血種の鬼だと思っているからだ。お前は幼かったから父の顔を覚えていないのだろうが、人の血が混じっていない父は、その面のような顔立ちをしていた。私とお前のこの顔は、人だった母の血だ。純血種の鬼を知っている妖たちなら、私の顔を見れば混血だとすぐにわかるだろう。だから私はずっとこの面をつけていた。私は仲間と共に生きるために、ずっと周囲を欺いて生きてきた」

雪雅は立ち尽くしているハルカゼに向かって「すまなかった」と謝罪を口にする。

ハルカゼはまだ現実を受け止められていないようで、ただただ困惑しているようだった。

これが雪雅が面を被っている本当の理由。

父親亡き後、残された仲間たちを守るために、鬼として生きなくてはならなかった雪雅。

家族のように大切な仲間たちをずっと欺いていかなければならない罪悪感と、妖の統領であり続けなければならない責任感を、一人でずっと抱えて生きてきた。

二人は鬼であり人であると同時に、鬼でもなく人でもない存在。

それゆえにどちらの社会にも溶け込めずにいた。

その辛さを共有出来るのは、血を分けた兄弟だけだろう。

「……ふん、そんなこと、私が受けた苦しみに比べれば可愛いものだ」

雪雅の告白を受けても、明満は刀を下ろすことはなかった。

赤い瞳で雪雅を睨みつけ、柄《つか》を強く握り締める。

「私の名は明満。ここで貴様の首を取ったら、ようやく私は完全に人になれる」

明満は躊躇いなく刀を振り上げた。

雪雅は自身を斬ろうとしている弟を、静かに見つめていた。

――雪雅さん、斬られるつもりだ……。

「駄目……っ！」

凜は無意識に雪雅の前に飛び出した。

雪雅を失いたくない。

たとえそれが彼の願いだとしても。

彼を失いたくなかった。

凜が急に飛び出したことで、一瞬明満が怯んだ。

振り下ろす刀の速度が弱まり、そして凜にあたる寸前でピタリと止まった。

「なんで……」

明満を見上げると、彼は赤い瞳を見開き、刀を持ったまま硬直したように立ち尽くしていた。

「明満様……？」

凜が呼びかけた直後、明満は刀を手からこぼし、こちらに倒れ込んできた。

「雷鋼！」

雪雅が咄嗟に明満を抱き留める。

そしてその背に突き刺さっている無数の矢を見て言葉を失った。

「何、これ……」

いったいどこから矢が……。結界を張ってあるのに……。

事態を把握しきれずにいると、丘に張った結界の外の茂みから歓声が上がった。

「鬼にあたったぞ！　じきに毒が回る。鬼を討ち取った！」

いったいいつからそこに隠れていたのだろうか。数は十名ほど。いずれも背中に弓矢を、腰には刀を差している。

「我らの勝利だ！」

男たちは自分たちが矢を放った相手が明満だということに気づいていない。

けれどやがて、鬼がもう一人いることを知ったようだ。

「おい、あれも鬼じゃないのか？　どういうことだ、鬼はあと一匹だけじゃなかったのか？」

男たちは明満を抱えている雪雅をジロジロと注視している。

鬼が増えていることにひどく動揺したようだが、男たちは雪雅に弓矢の照準を合わせ始めた。

そのことに雪雅は気づいていない。

「雷鋼……っ」

雪雅は明満を抱き、座り込んだまま動こうとしなかった。

ようやく再会出来た弟が射られたのだ、平常心ではいられないのだろう。

「雪雅さん、明満様を連れて逃げましょうっ」

凜が肩に手を置くと、ようやく雪雅の瞳が動き、凛の姿を映した。

「ここにいたら、雪雅さんまで射られてしまいます。どこかに身を隠しましょう」

凛は腕を引っ張るが、雪雅は立ち上がろうとせず、苦しげに首を左右に振った。

「刀に、毒が塗り込めてあったようだ。血も流しすぎた。雷鋼を抱えて動けそうにない」

「……恩を売るつもりか？　貴様の助けなどいらん……！」

明満が薄く目を開け、雪雅の助けを拒む。

「さっさと私を置いていけ……っ」

すると雪雅は再び頭を振り、荒い息を吐きながら告げた。

「置いてはいけない。お前は私の弟なんだ。見捨てられるわけがない」

その言葉には、十八年前の後悔が滲んでいるように感じた。


明満がさらわれた時、雪雅はまだ統領として未熟で判断を誤ってしまった。

その結果、人と妖の間にある憎しみを深め、唯一の肉親である弟を失った。

もう、同じ過ちは犯したくない。

雪雅の強い想いが凛にも察せられた。

「私は貴様を殺そうとしたのだぞ？　自身の鬼の血を使い毒まで調合して……。私を憎んでいるはずだ」

なおも明満は弱々しい声で挑発するように雪雅を煽る。

一瞬緊迫した空気が流れたが、雪雅の微笑がそれをかき消した。

「お前は幼い頃から無茶なことばかりする。こんなに大きくなっても、中身は変わっていない。私はお前の兄だ。兄は弟の悪戯《いたずら》を笑って許すものだろう？」

雪雅は驚きに声を失っている明満を胸に抱き寄せる。

「昔も今も、お前は私の可愛い弟だ。この程度で憎むはずがない。生きていてくれてよかった。こうしてまた会えただけで、私は幸せだ」

明満の顔が歪む。

唇を噛みしめ、表情をますます険しくする。けれどその瞳からは先ほどまでの憎しみの色は消え、代わりに透き通った涙が流れていく。

「雷鋼、泣くな」

「雪雅兄さん……」

明満が雪雅をそう呼んだ時、凜の眼前を風を切って弓矢が飛んでいった。

幸いあたることはなかったけれど、男たちが雪雅を狙って矢を放とうと構えていることに気づく。

矢には明満の血を成分として作られた毒が塗り込められている。だから結界も通り抜けられるのだろう。

――このままじゃあ、雪雅さんと明満様が危ない……！

けれど、いったいどうしたらいいのかわからなかった。

そうこうしている間に、男たちが矢先の照準を雪雅に合わせ、今にも弦から手を離そうとしているのが見えた。

――誰か、雪雅さんと明満様を助けて……！

心の中で叫んだ時、辺りに声が響き渡った。

「騒々しいぞ、何事だ？」

――この声は……。

途中で撒いたはずの弦空だ。

男たちはいったん弓を下ろし、弦空に説明する。

凜は丘を下り、弦空の元へ急ぐ。

向こうも凜の姿をとらえたようで、結界の手前まで移動してきた。

「光弦、鬼を討ち取ったというのは本当か？　一匹矢で射ったが、もう一匹いたと聞いたが……」

凜はそれらの質問には答えず、矢継ぎ早に伝える。

「兄さん、お願いがあります。この人たちに雪雅さんを攻撃しないように言ってください。お願いしますっ」

「待て、まだよく状況が……」

「お願いです、雪雅さんを失いたくないんです……！」

凜が頭を下げて頼み込むと、弦空が木の根本でうずくまる雪雅を見やり、しばし考えた後ため息を一つこぼした。

「……わかった。ここは私が引き留めておく。あの子供の妖に友を助けてもらった。その恩を返そう」

弦空は父の仇として妖をずっと憎んできた。

それが、アオに友人である連翹の命を助けてもらったことで、少し変化が起きたようだ。

「ありがとうございます、兄さん」

弦空が凜の頭を撫でようと手を伸ばす。けれどその手は結界に阻まれ、触れることは叶わなかった。

弦空は寂しそうに苦笑する。

「光弦の言っていたことが少し理解出来た。妖も悪い者ばかりではないんだな」

弦空はそう言い、男たちにいったん退き命令を待つよう言い渡した。

男たちは渋々ながらも弦空の命令に従い、その場を離れる。

男たちが立ち去るのを見届け、凜は急いで雪雅の元へ戻った。

「雪雅さん、手当てをしましょう」

「それよりも、凜に聞いてほしい話がある」

「後にしましょう。今は早く怪我を治さないと……」

雪雅も明満も深手を負っている。今は話よりも早く手当てしなくてはいけない。

凜は心配からそう言ったが、雪雅は首を左右に振り、むせ込みながらも「聞いてくれ」と再度言ってきた。

いつにない真剣味を帯びた声音で懇願され、凜は口を噤《つぐ》む。

そうして雪雅が語り出したのは、彼らの両親の物語だった。

「……私たちの父は鬼、母は人だった。妖の統領だった父は母と出会い、愛の証として鬼花を贈ったのだ。そして二人は誰にも知られないように逢瀬《おうせ》を重ね、まず私が生まれ、次に雷鋼が生まれた。だが、人の里に鬼の子を連れて帰ることは出来ない。だから私たちはこの里で父と暮らし、時折訪ねてくる母と、ここで会っていた」

妖にも、人間にも、二人の関係は知られてはいけなかった。人に知られたら鬼である父親が、妖に知られたら人である母親が討たれてしまう。

だから父は母の存在を伏せ、子供が生まれると静山に連れて帰り、鬼に見えぬ顔を隠すために息子たちに面をつけさせ、妖と一緒に育てたという。

家族四人で過ごせる時間はとても短かったが、それでも雪雅たちは幸せだったそうだ。

父と母は二人の息子をとても大切にし、両親も互いを深く愛していた。

人でも鬼でも関係なく、心を通い合わせていた雪雅の両親。

そんな両親に育てられ、雪雅は妖も人も、両方を大切にしたいと思うようになったそうだ。

しかし、家族四人の幸せがこのまま続いていくと疑いもしていなかったある日、それは突然起こったという。

「いつものように母が訪ねてきて四人で過ごした日、なぜか私と雷鋼だけが先に帰された。しかし途中で雷鋼が転んで泣いて手がつけられなくなって、私は一人で両親を呼びに戻ったのだ。そして、見てしまった。……母が父を討つ瞬間を」

凜は瞳を見開き、息を飲む。

種族は違えど子供をもうけ、愛し合っていた両親。

それなのに、なぜそんなことを……。

驚く凜から雪雅は視線を逸らし、続けた。

「……母は術者だったのだ。それも、鬼を討つために育てられた娘。母は役目を全うし、そしてその後、静山には二度と足を運ばなかった。母は……父の首を里へ持ち帰った後、寝食を拒み衰弱して命を落としたと、噂で聞いた」

――そんな、なんで……。

鬼だと知っていて、愛したのだろうに。

なぜ何年も経ってから役目を果たしたのか……。

凜が絶句していると、雪雅がフッと一つ息を吐き、凜に寄り添う伊織に目を向けた。

「母がなぜそんなことをしたのか、幼い頃はわからなかった。だが、統領として仲間を守る立場になって年月が経った今、わかった。……あれは妖を守るためだったのだろう？　そうだな、黒猫よ」

雪雅が伊織に問いかける。

伊織は式神。

鬼と戦える唯一の式。

凜の前にも、伊織を使って鬼を退治した術者は何人もいる。

雪雅の父親の最期の時も伊織は立ち会った。

伊織はユラリと長い尾を揺らし、端的に答えた。

「その通りだ。……お前の母は術者でありながら鬼を愛し、子まで作ってしまった。それを術者たちに感づかれてしまい、早く鬼の首を持ってくるよう迫られた。出来ぬのなら、静山へ総攻撃を仕掛けると脅され、お前の母はこの山に住まう全ての妖を守るために、お前の父の首を差し出すことにした」

雪雅は視線を伏せ、痛みに堪えるように拳を握り締める。

「……やはり、そうだったのだな」

「ああ。だが、あれはそこまで強い女ではなかった。

妖と我が子を守るためとはいえ、最愛の夫を討った己を許せなくて、食べることも眠ることも出来なくなって……。鬼を愛すると碌《ろく》なことにならん」

いつも飄々《ひょうひょう》としている伊織の言葉の中に、やりきれない想いが滲んでいる。

伊織も仕える主をそんな形で失ってしまい、辛かったのだろう。

雪雅は長いため息をつくと、面を上げた。その顔は穏やかだった。

「話が聞けてよかった」

雪雅はそう言うと、凜に視線を向ける。

「凜、鬼花を持っているか？」

「え、ええ。着物の中に入れっぱなしで少し萎《しお》れてますけど……」

凜が袂から紙に挟んだ鬼花を取り出す。

雪雅はそれを手に取り、伊織の眼前へと差し出した。

「この花を食べると、力が増すのだろう？　母もお前に食べさせていた。……さあ、食べてくれ」

「せ、雪雅さんっ？」

この花を食べたら、伊織は雪雅を襲うだろう。それが伊織の式神としての使命だから。

凜は慌てて花を持つ雪雅の手首を摑んで止めた。

「それは駄目ですっ。その花を伊織が食べてしまったら……」

その先の言葉を続けられなくて濁したというのに、雪雅はあっさりとそれを口にした。

「黒猫がこの花を食べたら、鬼を襲うのだろう？」

「雪雅さん、知って……？」

「見たと言っただろう？　知っている」

「なら、どうして伊織に花を？」

「雷鋼を救うためだ。今私たちの身体を蝕《むしば》んでいる毒は人には効かないもの。それなら、雷鋼の中の鬼の血がなくなれば、毒も効かなくなるだろう」

理論上はそうかもしれないが、現実問題として、鬼の血のみを攻撃するなど不可能ではないのか。

雪雅は伊織に視線を向ける。

「その黒猫は鬼のみを攻撃する。雷鋼のように半分人である場合は、鬼の部分だけを破壊するのではないだろうか」

「……そんなこと出来るの？　伊織？」

一縷の望みをかけて伊織に問いかけると、じっと明満を見つめ、「おそらく可能だ」と返してきた。

「純血種の鬼の肉体は鋼のように固い。槍《やり》や剣、矢を用いてもかすり傷を負わせることすら出来ないのだ。武器で致命傷を与えることは不可能なため、私を作った術者は、外側からの攻撃が効かぬのなら内側から壊していけばいいと考えた」

「内側って？」

「血や内臓を作っている目に見えぬもの……凜が育った時代で細胞と呼ばれるものを破壊する。それで、鬼の再生能力は無効化される。皮膚も弱くなり、人と同じように刃物で斬りつければ肉が裂け血が流れ、首をはねることも……」

「もういいよ、わかったから。それ以上は言わないで」

聞いたのは自分だが、質問したことを後悔するほど恐ろしい内容で、凜は話の途中で遮っていた。

伊織は言われた通りに口を噤み、雪雅に水を向ける。

「ためしたことはないが、あやつの鬼の部分だけ壊すことは出来るだろう」

「なら頼めるか」

「言われずとも。鬼を討つことが私の存在意義だからな。……凜、私に命じろ。式神は主の言葉に従う」

明満を救うには、この方法しかない。

しかし、数多の鬼を退治してきた伊織でさえ、人と鬼、両方の血が流れる者の鬼の部分だけを破壊したことはないようだった。

——もし失敗したら……。

それが怖くて、伊織になかなか命じられなかった。

——怖い。

これまでは漠然と鬼を倒せば元の時代へ戻れると思って勉強を続けてきたが、実際に今そのような場面になってみると、とても怖かった。

明満を助けたくて伊織に命じた結果、彼が命を落としてしまったら……自分が他者の命を奪ってしまうかもしれない状況に、凜は恐怖を募らせていく。

「……無理だよ。もし失敗したらって考えたら、恐ろしくて……」

無意識に呟くと、膝の上で握り締めた凜の手に雪雅が自身のそれを重ねてきた。

「雷鋼を救うにはこの方法しかない。凜、私の弟を助けてくれ」

重ねた手が汗でしめっている。ギュッと力を込められ、凜は雪雅も緊張していることを知った。

——雪雅さんも、怖いんだ……。

自分の予想が外れてしまった時、明満を助けられないかもしれない。

それでも明満を救うにはこの方法に賭《か》けるしかない。

雪雅の祈りが、重なった手の平から流れ込んでくるような気がした。

凜は雑念を振り払うように頭を軽く振り、頷いた。

「わかりました。やりましょう」

凜は手で印を結び、式神に絶対的な命令を下す際に唱える祝詞を初めて口ずさんだ後、鬼花を伊織の前へと差し出す。

「お願い、伊織。明満様を助けて」

祝詞ではないその言葉に、術としての効力は何もない。しかし、どうしても言わずにはいられなかった。祈るような気持ちで、伊織を見つめる。

伊織は丸い瞳を一度瞬かせ、「主の命令、しかとたまわった」と言い、花にかじりついた。

鬼花を食べていくうちに次第に伊織の被毛が黄金色に輝き出していく。鬼花の光を身の内に宿したように見えた。

「わかるか？　これが内から溢れてくる力だ」

伊織は自身の本来の姿を誇るように身震いして見せてきた。

「さて、始めるぞ」

その声を合図に、凜は再び印を結び、術の施行を命じる祝詞を唱え始める。

伊織は横たわる明満の近くへ行くと、大きく毛を逆立てた。

瞳孔が開き、裂けんばかりに口を開けると、伊織の身体を包んでいた光が明満の薄く開いた口へと移動していく。

しばらくして明満は突如として激しく咳き込み、血を吐き出す。雪雅が血を詰まらせて窒息しないよう横を向かせ全てを吐き出させた。

痛々しい光景に、凜は目を瞑ってしまいそうになりながらも、祝詞を唱え続ける。

不安で怖くとも、成功をひたすら祈る。

しばらくして明満の呼吸が静かになった。

明満は青白い顔をしているものの、穏やかな表情で眠っているようだった。

「明満様の髪が……」

鬼の血を引いている証である白銀の髪。その髪が真っ黒に変色していた。そして小さなコブのような角も、額から消えていた。おそらく閉じた瞼の下に隠れている赤い瞳も、今は黒くなっているだろう。

静かな寝息を立てて眠る明満の姿を確かめ、凜は呟く。

「成功した……？」

「ああ。この黒髪がその証拠だ」

伊織がそう言うと、雪雅が身体から力を抜き、長く息を吐き出した。

「雪雅さんの予想通りになりましたよ！　これで明満様は助かります！」

喜びに満ち溢れた声音で伝えると、雪雅は泣きそうな顔で笑った。

「ありがとう、凜。黒猫も……。心から感謝する」

「ええ、本当に、よかった……！」

――助けることが出来た。

凜の瞳に涙が浮かぶ。

本来は鬼を討つ力。

けれど今回はこの力で明満を救うことが出来た。

雪雅の大切な弟の命を救えて、とても嬉しい。

命を奪うばかりでなく、救うことが出来たのだから……。

――次は雪雅さんだ。

凜は安堵と喜びからこみ上げて来た涙をこっそり拭い、雪雅の腕に触れる。

「雪雅さん、次は雪雅さんの番です」

これで雪雅も助けられる。

同じ混血の明満を助けられたのだから、雪雅にもこの方法は効果があるだろう。

雪雅を失わずにすむことにホッとした。

「さあ、伊織、雪雅さんもお願い」

凜は命じたが、伊織は確認するように聞いてきた。

「いいのか？　鬼の部分を破壊したら、この鬼は命を落とすことになるぞ？」

「えっ？　どうして？　雪雅さんも鬼と人の混血なんだから、明満様にしたように鬼の部分だけ消せば……」

「凜、よく見ろ。こやつの姿を」

「え……？」

何を言い出すのだろうか。

訝しく思いながら雪雅を見やり、息を飲む。

――ツノが伸びてる……？

雪雅の額にあった小さな角が、いつしか長く立派なものへと変化していた。赤い瞳もより色が濃くなり、唇からは牙が覗いている。

「雪雅さん……？」

「凜、見るな」

彼自身も己の変化に気づいたのか、雪雅は身を引き、片手で顔を覆うように隠した。その手の指には、鋭く伸びた黒い爪が生えている。

――鬼……。

頭に浮かんだその単語を、口に出すことが出来なかった。

誰よりも自身の変化に戸惑っているのは雪雅だ。鬼、と口に出してしまったら、彼を傷つけてしまう気がしたのだ。

「雪雅さ……」

「離れろ、凜。こやつはもう鬼。我らが討つべき相手だ」

凜と雪雅の間に伊織が立ちはだかる。

「こやつは血を流しすぎた。鬼と人の混血というものは、どうやら傷を受けた時は、人の血から先に失っていくらしいな。鬼の血で受けた傷を癒やすからだろう。大量に血を流したこやつの体内にはもうほとんど人の血は残っておらん。……凜、こやつのことは諦めろ」

「諦めるって、どういう……」

「こやつは助けられん。人の血がほぼない状態で鬼の細胞を破壊したら……どうなるかわかるな」

伊織の声は確かに聞こえているのに、凜は言葉の意味を理解出来なかった。

「……よく、わからない。明満様を助けられたんだから、雪雅さんだって……」

理解しようとしない凜に、伊織はもう一度繰り返した。

「こやつはもう、鬼になったんだ」

「うそ……」

——そんなこと、信じられない。

嘘だと思いたかった。

凜はぎこちない動きで雪雅へと手を伸ばす。

——きっと見間違えただけだ。

雪雅は鬼であり人なのだ。

人の血が流れているから、だから絶対に助けられる。

「雪雅さん、伊織の言っていることは間違ってますよね？」

凜は顔を覆っている雪雅の手に触れる。

その手が大きく戦慄《わなな》き、けれど顔の前から外されることはなかった。

「どうして顔を隠してるんですか？　見せてください」

「っ……」


雪雅が後ろへ飛び退り、凜と距離を取る。

しかし、毒に犯され大量に血液を失いひどく身体が弱っているようで、その場に崩れるように膝をついた。

「雪雅さんっ」

すぐさま駆け寄ってその身を支えようとした凜を、雪雅が大声を上げて止めた。

「来るな！」

初めて向けられた怒声に、驚いて足を止める。

雪雅は肩を大きく上下させて苦しそうに呼吸し、掠れた声で告げた。

「私を討つよう、黒猫に命じろ」

「討つ……？」

「黒猫の言った通り、私はすでに鬼と化している。私を討ち取れ」

——雪雅さんを、討つ……？

一瞬想像しただけで恐怖で身震いが起こった。

そんなこと、絶対に出来ない。

愛した人を討つなど、そんなことを出来るはずがない。

「嫌です……っ」

凜が拒むと、雪雅が拳を握り締め唸り声を上げた。

「……私を討たねば、人の里を襲うぞ。私はもう鬼だ。人の心を持たぬ冷酷で残忍な鬼。お前の大切な兄の命も奪ってやろう」

指の間から覗く深紅の瞳は鋭く、恐ろしい言葉を紡ぐ声音はまるで獣のように低い。

もし彼を知らなければ、人々を守るために雪雅を討つようすぐさま伊織に命じていただろう。

けれど凜は知っている。

優しすぎる雪雅の本性を……。

凜は弾かれたように駆け出し、動くことすら出来なくなっている雪雅を抱きしめる。

「凜……、離れろっ。食らうぞ！」

雪雅が喉の奥から威嚇するような声を上げ脅してくる。

しかし凜は怯むことなく、雪雅を抱く腕にさらに力を込めた。

「嘘をついても無駄です」

「嘘ではない、本当にお前を食らう」

「雪雅さんは優しいから、そんなことしません」

「もう私は鬼だ。鬼だから、優しくなど……」

凜は雪雅の髪に頰をすり寄せ「いいえ」と彼の言葉を否定する。

「どんな姿をしていようと、雪雅さんは雪雅さんです。里を襲うだなんて、僕にあなたを討ち取らせるための嘘でしょう？」

抱きしめた身体が戦慄いた。

そして覚悟を決めたかのように、雪雅が顔を覆っていた手を下ろし、凜の前に素顔をさらす。

「……これでもか？　お前の目に、私はどう映る？」

初めて面を外した時と同じ問いを彼は口にした。

あの時は、ただ綺麗だと、容姿の美しさに目を奪われた。

今の雪雅は、その時と面立ちが変わっている。人間よりも、雪雅がつけていた鬼の面に酷似した顔になっていた。

しかし凛は少しも恐ろしいと思わなかった。

ただただ愛《いと》おしさがこみ上げ、本心からの言葉を雪雅に告げる。

「あなたは雪雅さんです。僕の大好きな、雪雅さんです」

口に出してしまったら彼への想いが胸の奥から溢れてきて、雅の牙の覗く唇にキスをした。

——あったかい。

唇から彼の体温が伝わってくる。

その温もりも、匂いも、何もかも変わっていない。

どんなに姿形が変わろうとも、雪雅の心が変わらなければ、愛しいと想う。

凛が好きになったのは、雪雅の優しさ。

彼がそれを失わない限り、凛は雪雅を愛し続ける。

「……凛」

唇を離すと、名前を呼ばれた。

視線が交わると、雪雅が言う。

「ありがとう」

その瞳からは、涙がこぼれていた。

胸が苦しくなり、雪雅を抱きしめようとした時、彼が激しく咳き込んだ。

苦しそうに何度も咳き込み、明満と同じように口から赤い雫が垂れてくる。

——毒が……！

このままだと、雪雅の命が危ない。

なんとかしなければと思うのに、助ける手立てがわからない。

ただ彼の身を案じ、名前を呼ぶことしか……。

凛が涙を浮かべると、咳《せき》が止み、彼は苦しそうな呼吸の合間にこう言った。

「私を、討て」

「い、嫌ですっ」

「私はもう……、助からない」

凛は唇を嚙みしめ、頭を左右に振って否定する。そんなことを言わないでほしい。助かると、希望を捨てないでほしい。

凛の目尻から幾粒もの涙がこぼれていく。

「凛、私を討って、首を持ち帰れ。そして鬼はもういないと……、そう里の者に告げて、この山に結界を……っ」

そこまで話した雪雅が再びむせ、おびただしい量の血を吐いた。

「雪雅さんっ」

「光弦！」

雪雅の肩に手を置いたのと同時に、後ろから弦空の声が聞こえてきた。

弦空の他に術者頭の姿もそこにある。

――どうしよう……。

雪雅の身に再び危険が迫っている。

青くなっていると、雪雅がユラリと立ち上がった。もはや立っていられる力は残っていないはず。それにもかかわらず、雪雅は背中を伸ばし、よく通る声で告げた。

「私は妖の統領、雪雅。そちらにいるのは、術者頭殿とお見受けする。そなたに一つ、取引を持ちかけたい」

いきなり話しかけられ、術者頭が弦空に何やら耳打ちしていた。しばらくして二人の会話が終わると、術者頭は「言ってみよ」と返してきた。

「我ら妖と人は、長い時を戦で費やした。この状態は互いにとって無益なもの。そろそろ終わりにしようと思う。……ひいては、私の首と引き換えに妖に恩赦をいただきたい。この静山の中で生きることを許してほしい」

凛はここでようやく先ほどの雪雅の言葉の意図を理解した。

自分の首と引き換えに、残りの妖を守ろうとしている。

確かに、人間にとって一番の脅威は鬼。その最後の一人を討ち取り、静山に残りの妖を閉じ込められれば、人間側の勝利となるだろう。

妖にとっても、人間に襲われる心配がなくなり、ここで静かに暮らせるのなら異論はないはずだ。

人と妖の戦いの歴史を終わらせることが出来る。

もう誰も傷つかずにすむ。

——でも、雪雅さんは……。

凛はどうしても彼を討つことなど出来ない。もっと別の方法で、戦いを終わらせればいい。

まずは雪雅の身体を治し、それから人と妖が話し合えば……。

それを提案しようとしたが、雪雅はハルカゼに視線を向けた。

「ハルカゼ、私が亡き後、仲間を頼んだぞ。……これまで真実を話さずすまなかった。これが私の最後の我《わ》儘《まま》だ。統領として仲間のために命をかけさせてほしい」

「雪雅様……」

恐ろしい鬼の顔をしながらも、雪雅は以前と同じ、柔らかな眼差しをハルカゼへと向ける。

「お前たちと共に暮らした日々は、とても楽しかった。このような形でしか仲間を守れない、弱い統領ですまない」

「何をおっしゃいますか……！　雪雅様はこれまでお仕えした統領一族の中で、誰よりも強くお優しい。雪雅様にお仕え出来て幸せです」

ハルカゼが声を詰まらせながらもそう言うと、雪雅が笑みを深くする。

「なら、私の最後の頼みを聞いてくれるな？　私を最期までお前たちの統領でいさせてくれ」

ハルカゼは全身を小刻みに震わせながら、その場に膝をつき頭を垂れた。

「…………御意」

ハルカゼが消え入りそうな声で返した時、術者頭からの返答が届いた。

「承知した。そなたの首と引き換えに、この静山に結界を張ろう。静山には立ち入らぬように手配すると約束する」

雪雅はそれを聞き、安堵したように嘆息した。

「……凜、ではやってくれ。私を討ってくれ」

雪雅に促されるが、凜はやはり出来ない。

雪雅を討つなど無理だ。

こんなに愛している人を、この手で討つなど……。

涙を流しながら首を振って拒否すると、足元に身をすり寄せた伊織に言われた。

「私に命じろ、凜」

「嫌だ……っ」

ジリジリと後退ると、今度は弦空に諭される。

「この者の命を無駄にするな。……私たちももう、妖との戦いを終わらせたい。お前の手でこの悲しい歴史を終わらせるんだ」

「兄さん……」

凜は恐る恐る雪雅を見やる。

誰よりも猛々《たけだけ》しい姿をした優しい鬼が、目の前で膝をついた。

「凜、どうせ失う命なら、お前の手で奪ってほしい。愛する者の手で、逝《い》かせてくれ」

凜は自身の耳に届いた言葉に息を飲み、身を震わせる。

「雪雅さん、今、なんて……？」

雪雅はもう一度はっきり、凜が望んでいた言葉を口にした。

「愛している、凜」

それはきっと、友に向ける友愛。

自分と同じ感情ではない。

わかっているが、好きではなく愛していると告げられ、喜びと悲しみがこみ上げてきて、瞳からまた一つ大粒の涙がこぼれ落ちた。

――たとえ僕と違う気持ちでも、雪雅さんは友達として僕を想ってくれてる。

凜は心を決め、震える指先で目元を拭い唇を嚙みしめる。

今、最愛の人のために自分に出来ることは一つ。

――雪雅さんの願いを叶えよう。

「……伊織、前へ」

式神の黒猫が雪雅の前へ進む。

凜は真っ直ぐ雪雅を見つめ、手で印を結び、伊織に命じた。

「その鬼を……、討て」

「承知」

祝詞を唱え始めると、伊織の被毛が再び輝き出す。

被毛を逆立て、大きく開けた口から光の粒子が飛び出し、雪雅の身体を包み込む。

明満の時とは違い、まるで繭《まゆ》のようにすっぽり彼の身体を覆い、一際強く光を放ち、光の繭がかき消えた。

「雪雅……さん？」

現れた雪雅はすでに意識を失っているようで、凜が呼びかけても返事はない。

横たわる雪雅の胸に手をあててみるが、生きている証は何も感じなかった。

瞳からはとめどなく涙が溢れ、胸が鋭利な刃物で斬りつけられるかのように痛む。

それでもこんな痛み、雪雅が味わった苦痛に比べれば些細《ささい》なことだ。

凛は全てが終わったことを悟り、膝から崩れ落ちた。

「……っ！」

やりきれない想いが声にならない声になって、唇から漏れる。

突っ伏して息を殺して泣いていると、ふと周囲がざわつき始めた。

「光弦、見ろ。あれはなんだ？」

凛の視界に映ったのは、信じられないような光景だった。

「……血？」

地面に染みた雪雅の血液。

それらがゆっくりと動き、倒れている雪雅へと集まっていく。

そうしてみるみる彼の身体を覆い隠し、血液が石化した。

「雪雅さん……？」

凛は立ち上がり、雪雅を覆っている赤い岩に近寄る。

血の赤が濃くて、目を凝らしても中に閉じ込められている雪雅の姿は見えない。

そうっと触れてみると、表面はとても固いのに、彼と同じ体温を感じた。

「雪雅さんっ」

呼んでも返事はない。

わけがわからず、凛は伊織に尋ねた。

「伊織、雪雅さんはどうなったの？」

力を使い果たし、輝く被毛を失い元の黒猫に戻った伊織は、しげしげと赤い岩を眺める。

「……式神の身で主の命令に背くなど出来ない。それなのに、私の中に、迷いが生まれてしまった。この鬼を討ったら、凛は泣くのだろうと思ってしまい、全ての力を注ぐことが出来なかった」

「伊織……」

式神は心を持たない。

しかし、伊織は他の式とは違っている。

長くこの世に存在しているからだろうか。

様々な物事を見聞きし、主と密接な時間を過ごしていく中で、伊織には心が芽生えたのかもしれない。

そうして伊織は、雪雅の両親の時のような悲しい出来事を繰り返したくないと、力を制御してしまっていたようだ。

それが役目とはいえ、先代の主を深く悲しませてしまったことがずっと心の中に引っ掛かっていたのだろう。

——伊織も辛かったんだ……。

凛は伊織を抱き上げ、腕の中に収めて背中をそろそろと撫でた。

伊織は気持ちよさそうに目を細め、現在の雪雅の状態について語った。

「私の鬼の細胞を壊す力と、鬼の回復力が体内でせめぎ合い、結果、回復力が勝ったようだ。しかし、鬼も身体に大きな負荷を負った。流した血を本能でかき集め、これ以上の攻撃を受けぬよう硬化し、体力が完全に回復するまでこの中で眠り続けるのだろう」

伊織の説明を聞き、唇を戦慄かせる。

「雪雅さんは生きてるの!? 回復したら、ここから出てこれるの!?」

伊織は凛の言葉を肯定した。

「ああ、生きている」

凛は赤い岩の中にじっと目を凝らす。

姿は見えないけれど、岩の表面はやはり温かい。

それが彼が生きている証拠に思えた。

「雪雅さん、よかった……!」

岩に頬をすり寄せ、歓喜に喉を震わせる。

大きなダメージを負わせてしまったが、雪雅は生きている。

回復までにどれほどの時を要するかわからないが、生きていてくれただけでいい。

凜が岩に縋《すが》りつき涙を流していると、伊織が現実に引き戻してきた。

「喜んでいていいのか？　この岩はとても固く、砕くことは出来ない。つまり、鬼の首を取ることが出来ないということだ。このような状態であれ、鬼が生きていることを人間は許すのか？」

最後の鬼である雪雅の首を差し出すことを条件に、この山に住まう妖を見逃すという話だった。

仮死状態だが雪雅が生きている今、その約束はどうなるのだろうか……。

「私の首を差し出せ」

背後から声をかけられ振り返ると、明満が目を覚ましており、赤い岩に歩み寄ってきた。

「私の私怨《しえん》が今回の戦の原因だ。静山に攻め入ったことで、妖の里は壊滅状態になってしまった。……せめてもの償いだ」

「何を言ってるんですか？　明満様はそんなことをしなくていいんです。ただ生きていてくだされば、それでいいんです」

雪雅は明満が犠牲になることを望んでいない。命をかけて償ってほしいだなんて、きっと他の妖も望まないだろう。

けれど明満は気持ちが収まらないようで、「だが」と再び口を開く。

凜が困っていると、その様子を結界の外から見ていた弦空にどうしたのかと尋ねられた。

凜が弦空と連翹、術者頭にあらましを伝えると、術者頭は鬼の首が取れぬことに渋い顔になったが、連翹がこんなことを聞いてきた。

「黒猫よ、この鬼が回復するまでに、どれほどの時を要す？」

「さあ……。はっきりとはわからんが、百年や二百年では目覚めぬだろうな。純血種の鬼なら、とうに身体が崩壊していてもおかしくない状況だった。岩になる前のあやつの身体が形を保っていられたのは、わずかに残った人の血のおかげ。本来なら毒によって確実に命を落としていたであろうほどの傷を負ったのだから、回復には気が遠くなるほどの歳月を必要とするだろう」

伊織の返答を連翹は繰り返す。

「一年二年ではなく、百年二百年でも足りぬほどなのか……」

顎に手をあて数秒考えこみ、連翹はあっさり言った。

「なら、別にかまわないのではないか？　首は取れなかったが、封印したも同然。ならば、山全体を包むように結界を張り、妖と一緒にこの岩も外へ持ち出せぬようにしておけばいい」

「しかし、それで他の術者や帝が納得すると思うか？」

術者頭は懸念を口にする。

すると連翹はまたも至極簡単なことのように言った。

「その時は、術者頭が術者を、明満様が朝廷を説得すればいいでしょう？　明満様は都の役人。それも高い位をいただいている。説得をお願い出来ますか？」

「……私が鬼だと気づいているだろう？　それなのに都へ帰すつもりなのか？」

「私たちが追っていたのは雪雅という鬼の統領。明満様は神祇官でしょう？　そんなお方の首を持ち帰ったら、私たち術者の方がお咎めを受けます。それにもう、あなたは鬼ではないでしょう？　あなたから鬼の気配は感じられない」

自身の姿を確かめていない明満は怪訝な顔をしているが、その髪も瞳も漆黒で鬼の証はどこにも見あたらない。

「あなたはもう人だ。人なら術者に狙われることはない。都へ帰り、朝廷に報告してこの静山から手を引くよう説得をお願いします」

「しかし、私は……」

明満はこれまで人の世で辛い経験をしてきた。

その彼に再び人として生きることを強いるのは酷だろう。

しかし、明満が人の世で生きることに躊躇いを覚えているのは、それだけが原因ではない。

同じ血を持ちながらも、雪雅は妖を守ろうとし、明満は滅ぼそうとした。

明満はその道しかないと思い込み暴挙に出て、その結果、このような大きな戦が起こってしまった。

けれど、兄である雪雅に身を挺《てい》して守られたことで、明満の中にあったわだかまりはようやく消えた。

それと同時に、妖を殲滅しようとしたことを悔いているのだろう。

そしてそんな自分の罪を重く受け止め、どちらの世でも生きられないと思っている。

だからこそ、自身の首を償いのために差し出そうとしている。

けれどそんな結末を、きっと雪雅は望んでいない。

辛い幼少期を過ごした明満に、これから幸せな人生を歩んでほしくて、彼を助けた。

——意味のある人生を、送ってほしい。

そのためには、彼に生きる目的を作らなくてはいけない。

凜は明満の前へ進み出て、頭を下げる。

「お願いします、明満様……！　この山を守ってくださいっ」

「お主……」

「ここにいる妖は、雪雅さんが命をかけて守ろうとした仲間たちです。連翹さんが言ったように、都へ戻ったら、もうこの山へ攻め込まないようにお役人たちを監視してください。そうやって人として生きることで、妖を守ってください」

明満の瞳が揺らぐ。

凛は最後につけ足した。

「あなたの命を守った雪雅さんを、今度はあなたが守ってあげてください。雪雅さんを兄だと想ってくれるのなら、どうかお願いします……！」

人の世で生きるとしてもかなりの苦労と孤独を味わうだろう。でも、雪雅の意志を受け継いで妖たちに安寧を与えてやってほしい。

凛の言葉を受けて、明満が泣きそうに顔を歪め、吐き捨てるように呟いた。

「……卑怯《ひきょう》だぞ。そのように言われては、私に拒むことは出来ん」

明満が承諾したところで、連翹が術者頭に告げた。

「頭、よろしいですね？　これからこの山を包むように結界を張ります」

「……わかった。明満様が朝廷にお口添えくださるのならおそらく心配ないだろう」

連翹は次にハルカゼに声をかける。

「結界を通り抜け山を下りることは出来なくなる。ここでお主たちが静かに暮らしていくと約束出来るのなら、お主たちの統領に今後一切手出しはさせぬと誓おう」

「元よりそれが我らの願い。我らはこれから先、この山に籠もり、雪雅様がお目覚めになる時を待ち続ける。それがどれだけ先のことになろうともな」

「ありがとうございます。ハルカゼさん」

「いや、礼を言うのは私の方だ。雪雅様を生かしてくれて、感謝する」

ハルカゼの言葉を受け、連翹が凛に言ってきた。

「光弦、結界を張るために山を下りるぞ。お前も手伝ってくれ」

「わかりました」

凛は最後に雪雅の眠る赤い岩に唇を寄せ、山を下りる弦空たちの後を追う。

山を下る道中、ポツリと弦空が呟いた。

「……もうじき別れの時が来るな」

「別れ、ですか？」

「約束しただろう。鬼を討ち取った後は、あちらへ帰すと。術者頭にも了承を得てある。結界を張り終わったら、我々で送り返す」

確かにここへ来た当初は、育った時代へ戻りたいと思っていた。

――でも……。

凛は自分を待っているであろう蒔田の両親のことを思い浮かべる。

両親にまた会いたいという気持ちは変わらない。

しかし、雪雅と出会ってしまった今、この時代で彼の目覚めを待ち続け、その生涯を終えたいと思い始めていた。

「……いいんです。僕はここに……」

この時代に残ると伝えようとした時、頭上で大きな羽音が聞こえ、ハルカゼが降りてきた。

「ハルカゼさん？　どうしたんですか？」

ハルカゼには妖たちへの伝言を頼んでいた。もしかして妖たちの中で反対する者がいたのだろうか。不安になったが、ハルカゼの目的は別にあった。

「これを渡しておく」

ハルカゼが差し出してきたのは小さな袋だった。見覚えのない袋に首を傾げると、「開けてみろ」と促される。

凛は袋の口を開け中身を確認し、息を飲んだ。

「これ……」

「雪雅様の血だ。落ちていたものを集めておいた」

小さな赤い結晶。

無数のそれは、雪雅の血液だ。

雪雅は傷口からとめどなく血を流していた。地面にこぼれた血液は時間が経ち結晶となり、それをハルカゼは拾っておいてくれたようだ。

「僕が持っていていいんですか？」

「ああ。お前が持っているべきだと思う。その代わり、雪雅様がお前に渡した耳飾りを私がもらってもいいか？　これから雪雅様がお目覚めになるまで、我らがお守りする。しかし雪雅様が眠っている場所には鬼しか入れぬ結界が張ってある。お世話をするためには、先の統領の血の結晶を持っておかねばならん」

結界を通り抜けるために必要だと言われれば、答えは一つだ。

凜は首から下げている巾着をハルカゼに渡す。代わりに雪雅の血の結晶が入った小袋を落とさぬように懐にしまおうとした。

その時、急に服の中に入っていた伊織が顔を出し、「そういうことか！」と大きな声を上げた。

「わ、びっくりした。何、伊織？」

「凜、わかったぞ。あの鬼を目覚めさせる方法が」

「えっ!?」

雪雅は身体に大きなダメージを負っている。彼が回復するまで、待つしかないのでは……。

「目覚めさせるって、どういう意味？　雪雅さんには回復する時間が必要でしょう？」

「そうだ。とても気が遠くなるほどの時間が必要だ。それこそ千年を超えるような時が」

——千年……。

凜はハッとして懐の伊織を見下ろす。

「雪雅さんは、まだあの場所に……？」

「ああ。私も気づかなかった。現世であの場所へ近づくにつれ、妖が多くなっていったからな。あの場所を訪れたことはなかった。だが、妖の匂いに交じって、時折鬼の匂いがしてきていたのだ。気のせいだと思っていたが……」

――雪雅さんは、まだ眠っている……！

凛が飛ばされた未来で。

千年以上もずっと、眠り続けている。

「どうすれば、目覚めさせられるの？　千年以上経っても目覚めないなら、まだ回復していないいんじゃあ……」

「それを使えば、目覚めるだろう」

伊織は前脚でチョンとじゃれるように袋に触れる。

この中には雪雅のこぼした血の結晶が入っている。

これを使うとは、いったい……。

「あやつは血を失いすぎた。今はまだ無理だろうが、回復するのに十分な時間を使ったあの時代なら、後は足りぬ分を与えてやれば、目覚めるやもしれぬ」

「足りない血……。これを？」

凛は袋をまじまじと見つめる。

これがあれば、彼は目覚めるのか？

確証はない。

しかし、可能性があるのなら、ためしてみたい。

――雪雅さんに、会いたい……！

先ほどまでは何年でも待つと決めていた。岩となった彼の傍にいられるだけでいいと……。

けれど、もう一度彼と言葉を交わせる可能性が出てきた今、凛の想いは止められなかった。

「伊織、やってみよう。雪雅さんを目覚めさせよう」

「ああ、あちらへ戻ろう」

伊織は頷いた後、おもむろに凛の顔をじっと見つめてきた。

「何？　伊織？」

「いや……。これまでこれほど嬉しそうな顔をした主は見たことがなくて、物珍しかったんだ」

どういうこと？　と一瞬考えたが、すぐに歴代の主のことを指しているのだとわかった。

「私はこれまで使命を果たし、鬼を討てば主が喜ぶと思っていた。しかし、必ずしもそうではなかった。もっと早くにこのことに気づいていたら、主たちは心を痛めずにすんだかもしれない」

凛は伊織や過去の術者を思い、胸が痛んだ。

「伊織は優しいね。伊織が僕の式神でよかった」

「……私はもうただのしゃべる猫だ。私の本体である札はいつ朽ち果ててもおかしくないほど傷んでいる。もう鬼と戦うことも出来ないだろう」

伊織は長い間、戦ってきた。術者の身を危険にさらすほどの力を秘めているが、元は文字をしたためた紙。時と共に劣化し、何度も修復を重ねたようだが、いつか寿命がくる。

伊織に式神としての役目を終える時が近づいてきているようだ。

「そんな……、伊織がいなくなるなんて嫌だよ」

眉を下げる凛に対し、伊織が目を吊《つ》り上げる。

「鬼と戦う力を失いはしたが、まだこの姿を後数十年保てる程度には力を有している。早とちりするな」

その言葉にホッと安堵する。

ずっと一緒にいてくれた伊織。

最早、鬼を討つ力があるかどうかは、凛にとって重要ではない。

伊織がこれからも傍にいてくれるだけで十分だ。

「よかった。これからも一緒にいられるんだね」

「ああ。凛の飼い猫として、傍にいよう」

感極まって伊織を力の限り抱きしめたが、苦しかったようで軽く腕に爪を立てられた。

「気をつけろっ。丁重に扱わねば、本体の札が千切れてしまう」

「あ、ごめん。嬉しくて、つい……」

凛はそろそろと伊織の頭を撫で、「ありがとう」と感謝を伝えた。伊織は気持ちよさそうに目を細め、ゴロゴロと喉を鳴らす。

「さて、あちらへ戻る前に、もう一仕事しよう」

「ああ」

静山全体に結界を張る仕事が残っている。

通常ならこれくらいの結界であればそう労力を使わずに張れるらしいが、今は妖との戦いの影響で、皆疲弊しきっている。

この場にいる術者たち全員で静山の麓を取り囲み、祝詞を唱える手筈《てはず》になっていた。

山を下るとすでに術者たちが集まっていた。中には負傷している者もおり、壮絶な戦いであったことが窺える。

——重傷者がいないといいけれど……。

凜が顔を曇らせると、それに気づいた弦空が「どうかしたか」と声をかけてきた。

負傷者は何人出たのか、怪我の具合はどうなのかが気になっていると伝えると、妖側はどうだかわからないが、術者側に動けないほどの怪我をした者はいないと教えてもらった。そのことにホッと息を吐く。

「では、皆の者、各々持ち場へ」

術者頭の号令で山の裾を術者たちが取り囲む。標高三百メートルの小ぶりの山だが、三十人余りの術者で静山を囲むためには間隔を広く取らなくてはならない。

それに、結界を張るための陣を組むためにも人を正しく配置しなければならず、それは弦空が式神の鷹を使って、上空から配置を指示してくれた。

やがて陣形が整うと各自、札を持ち、妖を結界内に封じ込めるための祝詞を一斉に唱え始める。

祝詞の後に札を前へ突き出すと術者たちの足下を結ぶように光の線が浮き上がり、そのまま天へと光のカーテンが伸びていく。

無事に結界を張ることに成功したようで、術者たちから歓声が上がった。

——これでもう、争いは起こらない。

妖たちは静山から出られなくなってしまったけれど、裏を返せば人間もこの山に攻め入る必要がなくなり戦はもう起こらないだろう。互いの領土を侵さぬように暮らしていける。

――どうか、幸せに。

静山の影から太陽が顔を出し始める。

朝日に照らされる静山を見上げ、凜は心から妖たちの幸せを願った。

朝焼けの空を仰いだ凜の頬に、ポツリと水滴が落ちる。

「雨……？」

空に雨雲はない。

それなのになぜ雨が、と不思議に思っていると、結界の境界線際で羽根を持つ妖たちが、手に持った桶《おけ》から柄杓《ひしゃく》で水をすくいこちらへ放ってきていた。

術者たちは妖に攻撃されたのかと身構えたが、妖が撒いた水を浴びた者の怪我がみるみる治っていくのを見て、妖が和解の印に傷を治してくれたのだと悟ったようだ。

「光弦、術者頭がお呼びだ。こちらへ」

弦空が連翹と共に呼びにきてくれた。

術者頭の元へ行こうと弦空と並んで歩き始めると、いきなり連翹が足を止めた。

「連翹？」

「……見える」

「何がだ？」

連翹は全身を震わせ、弦空に視線を合わせる。

「お主の顔が見えるぞ、弦空……！」

「なんだと!?」

弦空が息を飲み、連翹に駆け寄る。

連翹が言うには、妖の撒いた水が目に入ったらしい。

連翹の視力低下の原因は、妖の毒だと聞いている。それが静山のわき水によって解毒されたのだろう。

連翹の目には喜びから涙が滲んでいた。普段は弱音を口にしない連翹の涙を見て、弦空も瞳を潤ませていた。

「よかったですね、連翹さん」

「ああ。妖め、粋なことをしてくれるな」

連翹は晴れやかに笑っていた。

「……連翹の目も治ったのか」

そう声をかけてきたのは術者頭だった。

術者頭は凜を見つめ、穏やかな口調で語りかけてくる。

「光弦、お主が戻ってから様々なことが上手くいくようになった。負の出来事であるはずの戦ですら、人と妖が手を取り合うきっかけにしてしまった。お主が戻ってくれて、本当によかった」

「いいえ、僕は何も」

自分はたいしたことはしていない。

このような結果になったのは、妖の統領である雪雅の言葉に耳を傾けてくれた術者頭のおかげだ。

そう伝えると、術者頭はスッと表情を引き締め、唐突に頭を下げてきた。

「え？　あ、あの？」

「すまない。我らのために尽力してくれたというのに、私は約束を守れそうにない」

いったいなんの話だろう。

凜が首を傾げていると、弦空と連翹もこちらへやってきた。

「術者頭殿、どうかされましたか？」

「……光弦をあちらへ帰してやれなくなった」

術者頭は苦渋の滲む声音でそう言うと、懐から真っ二つに千切れた札を取り出す。

「あちらへ渡るには、私の式神である水龍の力が必要だ。しかし、水龍の札は、此度《こたび》の戦で役目を終えてしまった」

「じゃあ、僕は帰れないってことですか……？」

「すまない」

術者頭は再び深く頭を下げ詫びてきた。

凛が元の時代へ戻れないなら、打つ手がなくなってしまう。

――あっちへ戻れないと、雪雅さんが……っ。

せっかく伊織が雪雅を目覚めさせる方法を見つけてくれたのに……。

目の前が真っ暗になったような錯覚に陥る。

絶望的な状況に思えたが、何やら考え込んでいた連翹が言った。

「待て。まだ手はある」

「本当ですか!?」

「ようは、こちらとあちらを繋ぐ池の中を、迷わず導ける者がおればいいのであろう？　水にまつわる式神がもう一体いたはずだ」

「鯉《こい》か？　あれは今いる術者の誰とも相性が合わず、札のまま眠っているが……」

弦空も話に入ってきた。

連翹は「そう、鯉だ」と頷く。

「あれにあちらまで導かせればよい」

「そうは言っても、使役している術者がいない」

「ためしに光弦に触れさせてみればいい。黒猫の式神を使役できるほどの力の持ち主だ。運がよければ鯉が出現する」

「確かに、ためしてみる価値はあるな」

術者頭は呟き、弦空の式神に里まで札を取りにいかせるよう指示を出す。

自分にそんな能力があるのか不安だったが、今はできると信じるしかない。

札が届くまでに場所を移動し、凛がこちらに来た時に使った池へと向かう。

式が札を持って戻ったところで、連翹が凛に池へ入るよう言ってきた。

「この式は鯉ゆえ、陸で出現させるとあっという間に死んでしまう。池の中で札に触れるんだ」

凜は大人しく従い、水に足を浸ける。

腰から下まで池に入ったところで、弦空が札を差し出してきた。

その札に凜が手を伸ばすと、弦空が小声で呟いた。

「……短い間だったけれど、お前と共に暮らした日々を私は忘れないだろう。私を兄と呼んでくれて、嬉しかった」

「兄さん……」

弦空は口角を持ち上げ、歪な笑みを浮かべる。

「達者でな、光弦。離れていても、お前は私の弟だ。毎日お前の幸福を祈ろう」

凜が去ったら、再び弦空は一人になる。

千代女や延正、連翹は傍にいるが、血の繋がった家族はいなくなってしまう。

弦空は弟である凜と再会する日を心待ちにしていた。

本心では凜にずっとここにいてほしいと思っているだろう。

けれど、弦空は凜の幸せを願い、送り出そうとしてくれている。

凜は目に涙を浮かべ、兄に微笑みかける。

「僕も兄さんのことは忘れません。ずっと、僕の兄でいてください」

凜は成功を祈りながら恐る恐る式札に触れる。

するとみるみるうちに札が形を変え体長一メートルを超す大きな鯉となり、凜の手の中から跳ねて水中に潜っていった。

まさか本当に鯉を出現させられるとは思っていなかったので、凜自身が一番驚いてしまう。

悠々と泳ぐ鯉を目で追っていると、弦空が教えてくれた。

「黒猫の式を操る時と同様に、印を結びながら祝詞を唱えるんだ。ただし水中で祝詞を唱え続けることは出来ない。だから初めに一際強く念じるんだ。『あちらへ導け』と」

教えられた通りに指で印を形作り頭の中で強く念じながら祝詞を唱え終わると、鯉は了承を示すように水面に飛び跳ね、深く潜っていく。

「行け、光弦」

背を押され、凜は感謝を込めて三人に頭を下げてから、水中へ身体を沈めた。

輝く金色の鱗を持つ鯉の後を必死に泳いでついていく。

しかし鯉と違い、長時間水中にいられない凜は、途中で息を切らしてしまう。

——苦し……っ。

水中でもがいていると、戻ってきた鯉に背中を強く押され、渦へと飲み込まれる。

凜は胸元に入れた伊織と雪雅の血の結晶が入った袋を両手で抱き、未来へと続く急流に身を任せた。


「起きろ、凜……、凜っ」

顔面を肉球で踏みつけられ、飛び起きる。

「わっ、……ここは？」

どれほど気を失っていたのか、周囲は暗闇でここがどこだかよくわからない。

暗がりで伊織の瞳が星明かりに反射してキラリと光った。

「ここは静山の池だ。私とお前があちらへ渡った時に入った池。……戻ってきたようだ」

「戻ってこれた？　本当に？」

「ああ、ここはお前の育った時代だ」

凜は膝を抱えて大きなため息をこぼす。

——帰ってこれた……。

ずいぶん長いことあちらで過ごした気がするが、

日数にすると一月《ひとつき》にも満たない時間だ。それなのに、この静山の匂いが懐かしく感じる。

「凜、行くぞ」

伊織はさっさと、先に立って歩き出す。

「伊織、道がわかるの？」

「無論だ」

伊織を追って茂みを抜けると、石で作られた階段が現れた。

「ここは……」

両脇に蠟燭《ろうそく》らしき明かりが灯る階段。この階段の先にはお社がある。

「やはり、そういうことか」

立ち尽くす凜の足元で、伊織が呟く。

「これを見ろ。この明かりを」

言われた通りに蠟燭に顔を近づけると、ふわりと花の香りが鼻腔《びこう》をくすぐった。

「これ、蠟燭じゃない」

「そうだ。鬼花だ」

凜は石段の上まで途切れることなく続いている鬼花の儚い光を見つめる。

鬼花は陽光や月光を受けて輝く。夜は月明かりを反射してぼんやりと蛍の灯火のように優しく光り、昼間は太陽の光を浴びて輝きを増す。

昼と夜でまるで別の花のような装いを見せるが、美しさは変わらない。

「どうして、こんなに……。とても珍しい花なのに」

今までお社付近は立ち入りを禁じられていたから鬼花の存在に気づかなかった。

伊織は石段を登りながら言った。

「この花は、鬼が愛する者を見つけた時に、その想いを養分として芽吹くのだ。愛する者への想いが強ければ強いほど、たくさんの花を咲かせる」

雪雅は鬼花が咲くためには条件があると言っていたが、それは鬼が恋をした時だったのか。

愛を養分として咲くだなんて、とてもロマンチックだ。

雪雅もこの花を咲かせていた。

それはつまり、彼が誰かに想いを寄せているということで、ザックリと斬られたかのように胸が痛くなってくる。

「……これだけ鬼花が咲いているってことは、雪雅さん、今もその人のことを好きなんだね」

雪雅の想いを吸って成長した花だから、これほどこんなにも美しく、愛おしいと思えるのだろうか。

凛が複雑な気持ちで呟くと、伊織が呆《あき》れたようにこぼした。

「まったく、あの鬼といい凛といい、どうしてこうも奥手なんだ」

伊織は右の前脚でじゃれるように花を軽く叩く。

「凛、ちゃんと見てやれ。これがあの鬼の想いだ。千年以上もの間、変わることなく愛し続けた証だ」

凛はまるで自らの元へと導くように石段の両脇に灯る鬼花を見つめる。

――雪雅さんの愛の証……。

彼が誰を好きになったのかは知らない。

けれど、眠っているにもかかわらず、これほどの花を咲かせるほど愛した人が、彼にはいたのだ。

――その人も見てくれたかな……。

雪雅の想いで咲いたこの美しい花を。

雪雅に想いを寄せる人がいたことはショックだけれど、彼の想いが少しでも伝わっていればいいなと願わずにはいられなかった。

「……ああ、やはりあやつらだったのか」

凛が鬼花に目を奪われていると、急に伊織がそんなことを言った。

伊織が見つめる先に視線を向けると、木々の間に立つ妖の影がいくつも見えた。

「凛、力を高めたお前にならこちらでも妖の姿がはっきり見えるはずだ」

　これまで妖の影に怯えていたが、彼らのことを知った今はもう怖くはない。

　暗がりに立つ影に目を凝らすと、先頭に翼を持った妖が立っていた。

「……ハルカゼさん？」

　凜が呼びかけると、妖がこちらへ進み出てきた。

　月明かりに照らされたその妖は、やや年齢を重ねているけれど、ハルカゼととても似た容貌をしていた。

「待っていたぞ、リン」

「やっぱり、ハルカゼさんなんですね！」

　信じられない。

　妖は人間よりもはるかに長寿だと聞いてはいたが、千年以上も生きるのか。

　凜が驚いていると、ハルカゼの後ろで小柄な影が動いた。

　羽根の生えた女の子の妖。

　よく知っている子の面影が、彼女の顔には残っていた。

「アオちゃん？」

　凜が名を呼ぶと、成長したアオが昔と同じく無邪気な笑みを浮かべる。

「そうよ。ずっと傍にいたのに全然気づいてくれないから、忘れられちゃったのかと思ったわ。リンが十八歳になった晩も、嬉しくてつい家の中に入ったら、すごい早さで逃げちゃうし」

　静山でたびたび目にした妖の影。あれはあの時代に出会った妖たちだったのか……。

「気が遠くなるほど昔に、お前の兄から聞いた。いつかお前が雪雅様を目覚めさせるために、再び現れると……。その言葉通り十八年前、赤子のお前が現れた。お前が成長するのを我らは心待ちにしていたのだ。我らはずっと雪雅様をお守りしてきた。さあ、早く雪雅様の元へ。雪雅様もお待ちだろう」

ハルカゼが道を示してくれる。

凛は石段を登り始める前に、長い間ここで待ち続けてくれた妖たちに礼を言う。

「雪雅さんをこれまで守ってくれて、ありがとう」

凛が通り過ぎるたび、どの妖も歓迎してくれた。

千年以上も昔に眠りについた最後の鬼。

その鬼の目覚めを待ち続け、守り続けてくれた妖たちがこんなにたくさんいることに、凛は胸を震わせた。

——雪雅さんが繋いだ命だ。

あの時、雪雅が命がけで皆を守ったから、彼らは今の世にも生き続けている。

「凛、そろそろ着くぞ」

先に伊織が頂上へたどり着き、少し遅れて凛が石段を登りきる。

そこは、夜だというのにとても明るい場所だった。


「これ、全部鬼花……？」

鬼花が奥にあるお社を取り囲むように、丘一面に生えていた。あの頃よりその面積を広げている。

「なんて綺麗……」

凛は言葉を失う。

月よりも星よりも強く美しい、銀色の光。

それが隙間なく地面いっぱいに咲いている光景はとても幻想的で、この世のものとは思えないほど美しかった。

「凛、もう気づいただろう？」

「え？　何に？」

首を傾げると、伊織がまたも呆れ顔で告げてきた。

「鬼がこの花を贈るのは、永遠の愛を誓う時だ」

「永遠の愛……」

——つまり、雪雅さんが好きな人って……。

まさか、と思い、凛は言葉を失った。

雪雅が自分へ向けているのは友情。好きとか愛しているとかも言ってもらったけれど、それらも皆、かけがえのない人間の友人だから言ってくれたのだと思っていた。

「まさかそんな都合のいいことがあるわけないよ」

凜が否定すると、伊織がさらに詳しく教えてくれた。

「鬼は必ず一生に一度、人間に恋をしてしまう。その相手と鬼の関係を、私はツガイと呼んでいる。そして私は鬼のツガイとなる者を見極めることが出来、その者を我が主にしている」

それも初耳だった。

あちらの時代にいってから弦空から色々な書物や巻物を見せられたが、鬼の生態について書かれたものはごくわずかだ。そんなことはどこにも書かれていなかった。

「……じゃあ、伊織は最初から僕が雪雅さんとツガイになるってわかってたの？」

「そういうことになるな。時には二人が出会うようにお膳立てすることもあるが」

そういえば、過去に飛ばされた二日目、伊織はまるで凜を妖が出没する林へ案内するかのように里の外へ出ていった。あれも凜と雪雅を出会わせるためだったのか。

伊織の話には説得力があった。

しかし同時にある疑問もわき出てきた。

「ツガイになる相手を主とするって言ってたけど、伊織の主は鬼を討たないといけないんでしょ？　好きな人を討つだなんて……」

「屈強な鬼を討つには、鬼が人に心を許した隙をつくしかなかった。鬼が誓いの花を差し出し、それを人が受け取った時、鬼は喜びで心に隙が出来る。そこを狙い確実に討つために、この花を私の力を解放する鍵にしたそうだ」

伊織から聞かされた鬼花の話は、凜が予想もしていなかったものだった。

愛する者と結ばれたと思った後、最愛の者によって命を奪われてきた鬼。

鬼は最期の時に、何を思っただろうか……。

「なんて、残酷な……」

思わず悲痛な声で呟くと、伊織は「そうだな」と頷いた。

「しかし、これが一番確実な方法だったのだ。人が鬼に恋をすることなどなかったから、術者の心は痛まない。それでも多少の罪悪感を抱くのだろう。鬼を打つ手順が書物に残されていないのはそのためだ。皆多くを語りたがらなかった。私の前の主は、例外で鬼を愛してしまったが……」

それは、雪雅の両親のことだろう。

ありえないはずだったのに、雪雅の母は先代の統領である鬼を愛した。

なぜ、と他の術者は思うだろう。


しかし、凜にはわかる気がした。

——鬼は優しい。

姿形は恐ろしくとも、心根は優しく慈愛に満ちている。その愛を真っ直ぐに向けられたら、術者であっても多少心を揺さぶられるのではないだろうか。

凜がそうであったように。

雪雅と会うたびに、彼の優しさに心を惹かれていった。

「ここにある無数の鬼花は凜への愛の証だ。もう悲しい恋に散る鬼は現れない。……そうだろう、凜」

「…………うん」

伊織は凜の返答を聞き、踵を返した。

「久しぶりの逢瀬だ。野暮なことはしない」

伊織はそう言い残し、石段を下っていった。

凜は鬼花を踏まないように気をつけながら、お社へと向かう。

木で出来たお社は古びていたが、あちこち修繕された後が見て取れた。

おそらく、妖たちが雪雅を雨風から守るために建て、どこか傷むと修繕を繰り返してきたのだろう。

雪雅が岩となり長い時が過ぎても、ずっと妖に慕われている。

凜は深呼吸してからそっとお社の扉を開けた。

八畳ほどの小さな小屋の中央に、赤い岩が鎮座している。

凜はその岩に近づき、恐る恐る手をあててみる。

――温かい。

その温もりが、雪雅が生きている証だった。

凜は懐から血の結晶の入った袋を取り出す。それを手の平に乗せ岩に近づけると、結晶が小刻みに揺れ出し、引き寄せられるように赤い岩へと飛んでいった。

岩の表面に付着した結晶は、氷が溶けるようにゆっくり岩と同化していく。

すると、赤い岩が少しずつ形を変え始めた。

わずかな変化だったが、徐々に小さくなっていく。

一瞬、溶けているのかと思ったが、そうではなかった。

岩の中で眠っている雪雅の体内へ、血液となって戻っていっているようだ。

赤い岩が小さくなるにつれ、中で眠る雪雅の姿が少しずつ見え始めた。

まずは右手が、次に左手、左足……、と露出していき、凜の目の前で赤い岩から雪雅が姿を現していく。

「雪雅さんっ」

完全に岩が吸収されてから、凜は横たわる雪雅に近寄った。

名前を呼びながら身体に触れるが、雪雅の瞳は開かない。

一瞬、遅すぎたのかと背筋が寒くなったが、雪雅の胸がゆっくりと上下に動き呼吸しているのを確かめ、ホッと安堵した。

「雪雅さん、起きてください」

彼の白銀の髪を梳《す》く。そのまま指を下へと滑らせ、彼の唇をそうっと撫でた。

胸の奥から愛おしさがこみ上げてきて、凜はひっそり吐息と共に吐き出した。

「……雪雅さん、好きです」

瞬きをすると、ポタリと雫が落ちた。

「僕もあなたを愛してます」

涙が雪雅の閉じた瞼に落ち、その刺激で睫毛《まつげ》が微かに震え出す。

「雪雅さん、起きて」

祈るように呟くと、雪雅の瞳がようやく開いた。

「雪雅さん……!」

「………凜?」

形のいい唇から、耳に心地よく響く声音が聞こえてきた。

「凜、私はどうなったのだ?」

「助かったんです。長い間、眠る必要があったけど、傷も塞がって今日目覚めたんです」

雪雅が緩慢な動作で身を起こす。

「どのくらい眠っていた? 私の仲間はどうなった?」

「千年以上、眠っていました。皆雪雅さんが目覚めるのを、ずっと待ってました。この日が来ることを信じて……」

雪雅が驚愕に目を見開く。

とても困惑しているようで、長い沈黙の後に出た質問は、凜へのものだった。

「……お前は凜なのか?」

「ええ」

「なぜ千年も先の世で生きているのだ? あの頃と寸分違《たが》わぬ姿で……」

雪雅は怪訝そうな顔をしていた。

そんな雪雅に、凜は唇を寄せキスをした。

「……それは、また後で説明します。今はただ、あなたに抱きしめられたい」

雪雅は虚を突かれたような顔をしていたが、すぐに微笑を浮かべた。

「眠っている間、夢を見ていた。お前の夢だ、凜。これは……夢ではないのだな？」

「夢なんかじゃありません。夢だったら困る。もう雪雅さんと離れたくない」

雪雅の指が、そろそろと凜の頰を撫でる。

——また、彼に触れてもらえた。

岩になっても、触れれば温もりを感じることが出来た。けれど、彼から触れてもらうことは出来なかった。

心地よくて猫のように雪雅の手の平に頰をすり寄せる。

——もっと触ってほしい。

凜はうっとり瞳を閉じる。

雪雅はそんな凜の髪にキスをし、ひっそりと呟く。

「……夢ではなかったのだな」

「何がですか？」

「毒に冒され鬼と化した私を見て、凜に好きだと言われた気がした。しかしそれは、私の願いが幻聴となって聞こえたのだと思っていた」

凜は身じろぎし、雪雅を見上げる。

「幻聴なんかじゃありません。鬼だろうと人だろうと、見た目なんて気にしません。雪雅さんが好きだから、そんなこと大きな問題にはならないんです」

雪雅が泣きそうに顔を歪めながら、不安を滲ませ聞いてきた。

「凜、私は今、どんな顔をしている？　人か？　それとも……鬼のままか？」

凜は雪雅の頰を両手で挟み、もう一度口づけを贈る。互いの額を合わせ、熱っぽく囁いた。

「鬼でも人でもない。僕の大好きな、雪雅さんです」

「凜……っ」

切ない声色で名前を呼ばれた直後、雪雅が覆い被さってきた。

そのまま押し倒され、雪雅に上から見下ろされる。のしかかる雪雅は、人と鬼、どちらとも取れる激しい感情を露にした顔をしていた。

「雪雅さん……？」

「すまない、我慢出来そうにない」

何を、と尋ねようとした唇を、彼のそれで塞がれた。

初めて雪雅からしてくれた口づけは、凜がしたような触れ合わせるだけのものなどではなく、もっと激しい、噛みつくようなキスだった。

唇の隙間から肉厚な舌を差し込まれ、口腔内をまさぐられる。

キスすらも雪雅とが初めてだった凜は、どうしたらいいのかわからなくて、ただただ戸惑ってしまう。

けれど、決して嫌なわけではない。

口の中を余すところなくなぞられ、引っ込めていた舌を見つけられると、きつく吸い上げられた。

「んんっ」

ビリビリとした甘い電流がそこから生まれ、全身に伝播《でんぱ》していく。

凜は雪雅の逞《たくま》しい肩を摑み、身もだえる。

雪雅との深いキスは、凜の緊張を徐々に解していった。

「あ……、んっ」

自分でもびっくりするほどの甘い声が鼻から抜けた。

どこから雪雅の舌で、どこからが自分のものかわからなくなるほど、長い時間、口腔内を蹂躙《じゅうりん》される。

雪雅の唇がようやく離れた時、頰は上気し、瞳は潤んでいた。

唾液の滴る口角をペロリと舐《な》められ、背筋を震わせる。

「凜、平気か？」

「ん……」

頭がぼうっとして言葉を発することが出来ず、コクリと頷き返す。

雪雅が目を細め、髪を優しく撫でてきた。

彼に触れられるところ、されること、全てが心地よく、凜は雪雅の背に両腕を回し、ねだるように身をすり寄せる。

すると雪雅が唸るような声を上げ、そっと凜の肩を押した。

「……凜、今は離れてくれないか？」

「どうして？　嫌、ですか？」

触れ合うことを拒絶された気がして、悲しみに襲われる。

ところが雪雅は「違う」と言い、けれどやはり凜と距離を取ろうとしているようだった。

「……僕は雪雅さんのことが好きだから、たくさん触ってもらいたい。でも、雪雅さんは違うんですか？」

勇気を出して雪雅に問うと、彼は困ったように笑った。

「私も凜を誰よりも愛している。だが今は、愛しているからこそ、あまり身を寄せられると困るんだ」

「困る？」

凜が首を傾げると、雪雅に前髪を梳かれ、現れた額にキスされた。

「私を好いてくれているその心に嘘はないとわかっているが、凜はまだ私ほど想いを募らせていない」

「そんなことありません。僕だって、雪雅さんのことが大好きです」

言い返すと、雪雅がますます困った顔になる。駄々をこねる子供を宥めるように、彼の指が凜の頭を撫で続ける。

「凜が私に向けてくれているのは、純粋な『好き』だろう？　私が凜に対して抱いている感情は『愛』だ。愛には情欲がつきまとう。こうして口づけるだけでは終われない。凜の全てを私のものにしたいという、強い欲望を伴うものなんだ」

――全てを雪雅さんのものに？

雪雅が暗に示唆していることが何か思い至り、顔を真っ赤に染めた。

「わかったようだな。私は心だけで満たされるほど、欲の薄い男ではない。愛する者の身体も欲しいと思う。だから、凜、今は私から離れてくれないか」

――心だけでなく、身体も雪雅さんのものに……。

自分だってそこまで子供ではない。

雪雅が何を望んでいるのかわかる。

けれど、こうして雪雅に同じ想いを返してもらい、キスをしてもらえただけで奇跡のような出来事で、だからこの先のことは深く考えていなかった。

だが、雪雅が望むのなら、彼が求めてくれるのなら、応えたいと思った。

――いや、違う。

本当は凜も、心のどこかで全て彼のものになることを望んでいた。

凜にも当然、男としての欲求はある。

経験はないけれど、いずれ好きな人が出来たら、自然と身体を繋げることになるのだと、漠然と考えたこともある。

ただ、その想像をした時の相手は女の子で、まさか男性と結ばれることになるとは想像していなかったけれど……。

凜はゴクリと喉を鳴らして唾を飲み込み、雪雅を見上げる。

「……教えてください」

「教えるとは？」

「雪雅さんの、愛し方を。大人の恋を、僕に教えてください」

大胆なことを口にしたと、言った後で気づき、さらに顔が熱くなった。

引かれてしまったのでは、と不安に思い様子を窺うと、雪雅は目を瞠り言葉を失っていた。

――こんなことを言うなんてって、呆れられちゃったかな……。

凛がますます不安を募らせていると、突然雪雅に唇を奪われた。

触れるだけのキスとも、先ほどの深いキスとも違う。荒々しい、食らいつくようなキスだった。

唇に嚙みつくようなキスを繰り返しながら、雪雅が凛の帯を解いた。

そして一枚、また一枚と脱がせていき、凛がキスに気を取られているうちに、身を覆っていた着物を全て剝《は》ぎ取った。

雪雅が凛の露になった素肌の上に、ひた、と手の平を置く。それは優しく撫でるように場所を移動していき、その柔らかな感触に肌が粟立《あわだ》つ。

こんな風に人に触れられたことはない。それも直接肌を触られたことなんて……。

雪雅の指が、胸の突起を掠めた。ほんのわずかそこに刺激を与えられただけだというのに、凛は敏感に感じ取り、小さく身体を跳ねさせてしまう。

「んっ」

その反応を見て、雪雅が両手で薄い胸を揉みながら、指の腹で同時に左右の突起を擦《こす》ってきた。

「あっ、……っ」

唇から無意識に甲高《かんだか》い声が上がり、慌てて口を押さえる。

雪雅は執拗《しつよう》に突起を擦ってきて、凛は背中を仰《の》け反《ぞ》らせた。

「雪雅さ……、それ、だめっ」

そこをいじられると、頭がおかしくなりそうだった。

普段、自分でもあまり意識したことのない部分が、雪雅の手で性感帯へと作り替えられていく。

甘い疼《うず》きがそこから生まれ、吐く息が熱を帯びていった。

凜の下腹部で、触れられていない性器がゆっくり頭をもたげる。

「駄目ではないだろう。こんなに赤く尖《とが》って、私に吸ってほしそうにしている」

雪雅が身を屈め、右の突起に唇を寄せる。

何をしようとしているか悟ったが、身体に力が入らなくて止めることが出来ない。

雪雅が小さな突起を口に含み、そして思い切り吸い上げた。

「やぁ……っ」

強すぎる刺激に、凜の目尻から涙がこぼれる。息が出来ないほどの、強烈な刺激だった。

胸だけでも意識が飛びそうになるくらいの快感だったのに、雪雅は右手を下へと滑らせ、いつしかすっかり勃《た》ち上がった性器に長い指を絡めた。

そしてあろうことか、そのまま指を上下に動かし始める。

「っ……！」

目の前がチカチカする。

――だめ……っ。

頭の中で叫んだ直後、下腹部で欲望が弾けた。

凜は身震いし、全てを吐き出す。

「あ、……」

初めて人の手で吐精し、その快感にビクビクと身体が跳ねた。

解放の余韻でぼうっとしていると、雪雅が凜の唇に音を立ててキスし、ふわりと微笑んだ。

「可愛いな」

それはおそらく誉《ほ》め言葉なのだろうが、少し触れただけですぐに達してしまったことを示唆されているようで、恥ずかしくてたまらなくなる。

好きな人の前でみっともない姿を見せてしまった。いたたまれなくなって身体を横に向け、小さく丸くなると、雪雅が肩口に口づけてきた。

そして剝き出しの臀部《でんぶ》を撫でながら「そのまま楽にしていろ」と耳元で甘い声で囁き、凛の精液で濡れた指を後孔へと差し込んできた。

「やっ、やぁっ」

凛は咄嗟に身を捩り、雪雅の指から逃れようとした。

けれどもう片方の手で力を失った中心をやわやわと揉まれ、そこへ神経が集中していく。

「あ、あっ、雪雅さっ、また……っ」

達したばかりで敏感な性器は、少しの刺激で簡単に硬度を取り戻していく。

迸《ほとばし》りで濡れた性器を大きな手の平で擦られ、気持ちよくて身体から力が抜けていく。

その時を待っていたのか、凛が脱力した瞬間、後ろにある指が、ズっ、とさらに奥へと差し込まれた。

「あぁっ」

後ろにある指に激しい違和感を覚え、身体が強張る。

すると雪雅は性器を擦る手の動きを速め、凛が力を抜くとまた奥へと指を差し入れてきた。

前と後ろを同時に攻められ、苦しいのか気持ちいいのかわからなくなる。

けれど両方に刺激を与え続けられるうちに、だんだんと後ろを擦られることに快感を覚えるようになっていった。

「あっ、だめ……っ」

後ろの浅い部分を指で擦られると、性器がますます硬くなってしまう。痛いほど張りつめた中心を擦り続けられ、凜はすすり泣きをこぼす。

「後ろ、だめ……っ、や、あっ」

せめて後孔への刺激だけでもやめてほしい。そうでないとまた達してしまう。

途切れ途切れに訴えると、視界の端に映る雪雅は、赤い舌で唇を舐め、両手の動きを速めた。

「ああ……っ」

凜は傍に落ちていた自身の着物を手繰り寄せる。それをきつく握り締め、襲いくる快楽の波をやりすごそうと足に力を入れた。

「凜、我慢せずともよい」

「いや、です」

「何が嫌なのだ？　ここには私とお前しかいない。誰の目も気にせず、快楽に身を委ねればいい」

凜はわずかに頭を振り、身体を捩って雪雅を見上げた。

「一人は、いやです。雪雅さんも……」

「ん？　なんだ？」

雪雅が手の動きを緩め、凜の口元に耳を寄せる。

半分気をやりながら、凜はうわ言のように呟いた。

「雪雅さんも、一緒じゃなきゃ、いや……」

言い終わった直後、後ろの指が引き抜かれた。

それすらも甘い刺激となり、凜は息を詰める。

雪雅は凜の腰を摑みうつ伏せにし、それを自分の方へと引き上げた。

腰だけを高く上げた格好が恥ずかしく、上へと逃れようとすると、後ろに熱い塊が押し当てられた。

「え？　あ、あぁぁ……っ」

後ろにあるものが何か凜が理解するよりも先に、十分に解された後孔に質量のある熱い塊が侵入してきた。

痛くはないけれど圧迫感で息が止まりそうになる。

凜が無意識に塊を押し返そうと後ろを締めつける

と、背後で雪雅が呻《うめ》いた。

「……きつすぎる。力を抜いてくれ」

「出来な……っ」

「私は凜と一つになりたいんだ」

掠れた声で告げられ、胸が熱くなってきた。

心が解されると身体の緊張も解けていったようで、
雪雅が少しずつ腰を進めてくる。

指とは違う、熱くて太いもの。

それが雪雅の欲望の証だということに、凜はもう気づいていた。

意識して身体から力を抜き、愛しい人を身の内へ迎え入れる。

やがて全てを凜の中に収めたようで、雪雅がほうっと満足そうに嘆息した。

体内で自分とは別のものが、ドクドクと脈打っている。

雪雅が自分を欲してくれたと思っただけで嬉しくて、凜の目尻からまた涙がこぼれた。

「初めはゆっくり動くぞ」

「んっ、あ……」

凜の腰を掴み、時間をかけて自身を引いていく。抜けそうになるギリギリで止まると、再び奥へと入ってきた。

それを繰り返していくうちに、徐々に後ろの形が雪雅の性器にぴったりと合うように形を変えていく。

「あ、あん、あっ」

動きやすくなったからか、雪雅の腰の動きが速くなった。

太い性器で後孔内を擦り立てられ、感じる浅い部分はもちろん、指では届かなかった奥深くを突かれて、凜の意識は飛びそうになる。

身体がグズグズになっていくような快感。

凜の口からは奥を突かれるたびに、嬌声《きょうせい》が上がった。

射精していないはずなのに、ずっと達しているかのような感覚で、凜はいつしか雪雅の動きに合わせ腰を揺らしていた。

「雪雅さ、気持ちい……っ」

「私もだ、凜」

雪雅がそう呟き、凜の首筋に歯を立てた。

欲情して鬼の血が騒いでいるのかもしれない。

ごく軽い甘噛みのようなものだったが、穏やかな雪雅の荒々しい一面を垣間見て、凜はどうしようもなく興奮した。

後ろに無意識に力を込めていたらしく、雪雅が息を詰め、激しく腰を打ちつけてきた。

荒い息を吐きながら奥深くまで貫かれて、頭が真っ白になる。

「や、また、いっちゃ……っ」

触れられていない熟れた中心から、飛沫《ひまつ》が飛び散る。

達しているというのに雪雅はかまわず動き続け、凜は声にならない嬌声を上げた。

「や、ぁ……っ」

視界が霞《かす》み、チカチカと火花が散る。

身体がどういう状態にあるのか、自分でもわからなかった。

ただずっと絶頂を迎えているような、そんな強い快感の中で、凜はすすり泣きをこぼす。

「も、やめ……っ」

なんとか声を絞り出し限界を訴えるが、雪雅は止まらない。

「すまん、凜。止められない……っ」

「な、なんで……、あっ、ぁっ」

腰を強く打ちつけられ、そのたびにガクガクと身体が揺さぶられる。

雪雅の中心が一際太くなった直後、内壁に熱い飛沫を浴びせられた。

「あぁ――――っ」

雪雅が欲望を解き放った衝撃で、またも凛の中心が爆《は》ぜた。

雪雅は凛の中に熱い飛沫を全て注ぎ込むと、息を乱したまま、届く限りのところに口づけを落としてきた。

そうして凛の意識が戻ってきたのを確かめ、自身を引き抜き唇を重ね合わせる。

両腕ですっぽりと凛を抱きしめ、しっかりとそれを口にした。

「愛している」

「……っ」

――また、この言葉が聞けるなんて……。

ある日、いきなり過去へと渡り、そこで一人の鬼と出会った。

凛はその鬼を討つ運命を背負っていたが、彼に会うたびに心が惹かれていった。

そうして凛は、鬼なのに人よりも優しい雪雅に恋をした。

それは辛く悲しい恋。

その結ばれることなく終わるはずだった恋が、今目の前にある。

凛は声を詰まらせ、言葉の代わりに彼の背に腕を回す。

雪雅は震える凛を包み込み、まるで宝物を愛でるかのように優しく背中を撫で続けてくれた。


「凛、今帰ったのか」

「ただいま、父さん」

学校が終わり、走って神社へ帰ってくると、境内に落ちた葉っぱを箒《ほうき》でかき集めていた父が声をかけてきた。

「最近帰りが早いな」

父の質問に、凜はギクリとして視線を泳がせる。

「皆受験勉強で忙しくて、寄り道しなくなったからかな」

「そうか。もうすぐ受験だものな。……凜、無理して大学へ行かなくともいいんだからな？　やりたいことが見つかっていないなら、受験は先延ばしにしても……」

「父さん、もう何度も言ってるでしょう？　僕はこの神社を継ぐよ。そのための勉強がしたいから、大学に行きたいんだ」

凜は話を遮って即答したが、父の表情はまだ暗いままだ。

「本心からそう思ってくれているか？　もし迷いがあるのなら、遠慮なく言ってくれていいんだぞ？」

過去へ行っている間、こちらでは凜が行方不明になったと大騒ぎになっていたそうだ。

両親は夜も眠れぬほど息子の身を案じ、特に父は凜が本当は家業を継ぎたくなくて家出をしたのではないか、と思い悩んでいたらしい。

過去で激動の一か月あまりを過ごし、こちらへ帰ってきて雪雅を目覚めさせた後に神社へ戻ると、げっそりと痩《や》せた父が一心に祈禱を上げていて驚いた。

両親は凜が無事に戻ってきてくれただけでいいと涙ながらに言い、どこに行っていたのか、なぜいなくなったのか、戻ってきた時に見慣れぬ狩衣を着ていたのはなぜか、それら全てを尋ねてくることはなかった。

血が繋がっていなくとも、両親は愛してくれている。

不謹慎かもしれないが、今回の一件で凜は蒔田夫妻を本当の両親なのだと実感することが出来た。

神社へ戻った凜は、その後、改めて宮司である父にこの神社の歴史を聞いた。

父の話では、この神社は妖と鬼の魂を鎮めるために、平安時代初期の頃に、弦空という力のある術者によって建立されたのだという。

弦空が亡くなった後はその子が、その子が亡くなった後は、またその子が、という形で、弦空の子孫が代々神社を守ってきたそうだ。

そこで凜は、なぜ自分が蒔田夫妻の元へ送られたか理解した。

近しい者のいる場所へ凜を送ったと聞いていたが、なぜ千年以上も先の世の、妖の住処だった静山に建てられた神社へ送られたのか……それは、蒔田の父が弦空の子孫だったからだ。

自分の子孫の元へ凜を送ることにしたのだったら、他の時代でもよかったはずだ。

けれど、凜はあえてこの時代に送られた気がしている。

千年以上が経過し、雪雅の身体が完全に癒えたこの時代に送られたからこそ、彼を目覚めさせることが出来た。

凜の血の繋がった父親は力のある術者だったそうだが、まさかここまで読んでいたのだろうか？　真実はわからないが、偶然ではなく必然的にこの時代に送られた気がしてならない。

はるか昔、父や兄たちが繋ぎ守ってくれた妖たちとの縁。

もう会うことは叶わないかもしれないが、蒔田夫妻や妖たちを通して、兄の姿を追うことが出来る。

だから凜は、改めて弦空が妖を守るために建てたこの神社を継ぎたいと思った。

「無理なんてしてないよ。小さい頃からの夢だったんだ。僕も父さんみたいになりたいって。その夢を叶えようとしているだけだよ」

凜がそう返すと、父はようやく安堵したようだった。

そして子供の時にしていたように、凛の頭をクシャクシャと撫でまわしてきた。

「実はな、私も息子のお前にこの神社を継いでもらうのが夢だったんだ。凛が継ぐと言ってくれて、父さんはとても嬉しい」

小さな子供のように頭を撫でられて照れくさく思いながらも、家族の大切さを知ったから父の手を振りほどくことはしなかった。

凛は境内を横切り自宅へ戻ると、制服から私服に着替え、窓辺で眠っていた伊織を連れて外へ出た。

「凛、どこへ行くの？」

「散歩してくる。夕食までに帰るから」

玄関で靴を履いていると、母がキッチンから出てきた。

散歩に行くと聞いて母の顔色が変わる。また凛がいなくなってしまうのでは、と心配しているようだ。

凛は伊織を母に見せ「何かあったら、伊織に母さんを呼びにいかせるから、心配しないで」と言い、玄関を出た。

神社の裏手にある石段を登り、てっぺんのお社を目指す。

その途中、凛を見つけてアオが近寄ってきた。

「リン、雪雅様のところへ行くの？」

「うん」

「わたしも一緒に……」

見た目は凛と同じくらいの姿に成長したアオがそこまで言いかけた時、ハルカゼが空を飛んでやってきた。

「アオ、どこへ行く？」

「えっと、雪雅様のところに……」

アオが正直に答えると、ハルカゼが険しい顔つきになった。

「母から頼まれた縫物が途中だろう？　もう子供ではないのだから、きちんと仕事をしなければいけないぞ」

「……はい、お父様」

アオは父の言葉に従い、住処へ戻るために羽根を羽ばたかせる。

目に見えて気落ちしたアオが気の毒になり、凜は昔のように約束を口にした。

「アオちゃん、後で雪雅さんと一緒に寄ってもいい？　おまんじゅうと柿を交換しよう」

アオが瞳を輝かせ、大きく頷く。

「一番美味しそうな柿をもいでおくわ。待ってるからね」

人の目には見えない住処へと戻るアオを見送り、凜は石段を足早に登り始める。

しばらくして先に人影が見えた。

太陽の光を反射して輝く銀色の長い髪。この時代ではあまり目にしなくなった着流し姿の背の高い男性は、凜を見つけると胸の前で小さく手を上げた。

凜は残りの石段を駆け上がり、そのままの勢いで雪雅の腕の中に飛び込んだ。

「おかえり、凜」

「ただいま」

自然と唇を重ね、二人は微笑み合う。

「凜、学校とやらはどうだった？」

「いつもと同じです。大学受験に向けて、ずっと勉強してました。雪雅さんは何してたんですか？」

「仲間と語らっていた。その後、散歩がてら神社へ行き、屋根に積もっていた落ち葉を下に落としておいた。屋根の上を掃除するのは大変だろうからな」

「ああ、だからさっき父さんが境内を掃いてたのか」

「……余計なことだったか？」

凜が独り言を呟くと、雪雅が途端に不安そうな顔をする。

それに頭を振り、「屋根の落ち葉掃除しなくてすんだから助かったと思います」と返した。

雪雅はホッと息を吐き、凜の頬に手の平をあてる。

「凜は私たちがこの山で穏やかに暮らしていけるよう、この神社を継いでくれるのだろう？　私も力になりたい」

凜がこちらの時代に戻ってきてから、一か月が過ぎた。

長い眠りから目覚めた雪雅は、ずっと待ち続けてくれていた妖たちに歓迎され、再び統領としてこの静山で暮らしている。

先ほどアオと会った辺りにある横道を入ると、昔とほぼ変わらない妖の住処があり、そこには統領のための館も建てられているのだが、雪雅はこのお社が気に入ったようでここで過ごすことが多かった。

凜はこの静山で雪雅と妖たちが平穏に暮らしていってくれればそれだけで十分だと思っている。

しかし雪雅は約束を守り、千年以上もの間、仲間を守ってくれた蒔田家のために礼がしたいと言ってくれた。

だが昔と違い、妖を見ることの出来る人間が凜以外にいなくなってしまっている。

父の前で雪雅が箒を持って掃除を始めたら、勝手に箒が動いたとびっくりして腰を抜かすだろう。

だから雪雅はいつも父に気づかれぬよう、こっそり毎日何かしらの手伝いをしてくれていた。

しかし、どれほど父を手伝っても雪雅は感謝されることはない。

でも、雪雅は自分がしたいのだからかまわない、と言って陰ながら静山神社を守ろうとしてくれている。

「それにしても、ずいぶんここから見える景色が変わったな」

雪雅が街並みを見つめ呟いた。

その声が寂しさを含んでいるように思え、凜はドキリとしてしまう。

「……あちらに戻りたいですか？」

凜が尋ねると、雪雅は柔らかく微笑みながら返してきた。

「この時代では、人との争い事に悩むことも、仲間を失う心配もない。けれど時々、ここからの景色を眺めていると、無性にあの頃の静山が恋しくなることがある」

それは当然の想い。

生まれ育った時代を恋しく思うのは当たり前だ。凜だってあちらの時代に行った当初は、血の繋がった兄がいるのに、やはり十八年間育ったこちらの時代に戻りたいと願っていた。

しかし、頭ではわかっていても、雪雅の口から過去への郷愁の想いを聞いてしまうと、やはり辛くなってしまう。

——僕が奪ったようなものだから。

あの時、懇願されたとはいえ、凜が雪雅を長い眠りにつかせた事実は変わらない。

今こうして隣にいられるだけで幸せだが、雪雅は千年以上の歳月を失ってしまったも同然だ。

幸いハルカゼをはじめ、妖たちは昔と同じように雪雅を迎え入れてくれたが、環境の変化に戸惑っただろう。

そうした想いから凜が責任を感じてそっと俯くと、雪雅に手を取られた。

「でも、私はここにいる。この時代には凜がいるからな。愛した者と共にいられるのなら、これ以上の幸福はない」

そう言って重ねた手に指を絡め、強く握られた。

たったそれだけのことが、泣きそうになるほど嬉しかった。

「凜と出会えて、私は幸せだ」

優しい笑みを向けられ、胸が温かいものでいっぱいになっていく。

凛は山の下に広がっている街並みに目を向ける。
時代は移ろい、妖や鬼の存在も空想のものだとされるようになった。
人々から忘れられた、妖の統領。
悲しい血の宿命を背負った、最後の鬼。
けれど、彼は確かにここにいる。
凛の隣で微笑んでくれている。
「僕も雪雅さんと会えて、幸せです」
凛は幸せを噛みしめながら、同じ言葉を雪雅に贈り返した。

# あとがき

はじめまして、またはお久しぶりです。月森《つきもり》です。

今回、四冊目の自著を出していただくことになりまして、とても嬉しいです。


さて、今作ですが、和風ファンタジーを書いてみました。

平安時代初期にタイムスリップした受が、悪しき存在である妖を討伐する術者に任命され、鬼のお面を被った攻と出会い……、というお話になってます。これだけだとどんなお話かわからないですよね……。キーワードは平安時代、術者、妖、鬼、です。私のざっくりした説明で本作に興味を持ってくださった方がいらっしゃいましたら、ぜひ本文をお読みいただけますと幸いです。

今回、なぜ日本を舞台にしたお話にしたかといいますと、これまでと違ったテイストのお話を書きたかったからです。元々キャラに名前をつける作業が好きで、久しぶりに日本人的な名前を考えたかったというのもありました。ですが、受と攻の名前を考えている時はワクワクしたのですが、時は平安時代……。これはこれで古風な名づけに苦戦しました。

あと、今作には鬼が登場しますが、実は私、鬼が好きなんです。酒呑童子《しゅてんどうじ》のお話とかよって読んでました。ちなみに攻のイメージは茨木童子《いばらきどうじ》です。というか、私の中での茨木童子のイメージが、色素薄い系の儚げなイケメン、というだけなのですが(笑)。なので名前も、色素薄い＝雪、儚いイケメン＝雅、で『雪雅《せつが》』です。受の名前も、宮司さんって背筋をピンと伸ばして凛とした佇まいをしているから、で『凛《りん》』にしました。名づけが好きとか言っておきながら、けっこう深く考えずにパパッとつけちゃってます。

初めての和風ファンタジーということで服装等色々と悩み、最終的に「先生のセンスでいい感じに描いてください！」と無茶振りをしてしまったれの子《こ》先生、申し訳ありませんでした。でもとても綺麗に描いてくださっていてニヤニヤが止まりませんでした。美しいイラストをありがとうございました。

今作もご担当くださったM様。いつも的確なアドバイスをありがとうございます。そしてたびたび原稿提出が遅れてすみませんでした。

最後になりましたが、今作をお手に取っていただいた皆様。このお話が世に送り出せたのも、ひとえに拙作をお読みいただいている皆様のおかげです。ありがとうございます！

またどこかでお目見えする機会をいただけましたら幸せです。

最後までお読みいただきありがとうございました。

月森あき

## 砂漠の王は精霊使いに悠久の愛を誓う

さばくのおうはせいれいつかいにゆうきゅうのあいをちかう

**月森あき**

イラスト：小禄

本体価格 870 円+税

水の精霊使いのリーファは、王の命で、友好関係にある砂漠の国・アガスティア王国の水不足を救うため、海を渡った。しかし、航海の途中で嵐に遭い、なんと八歳の子供の姿になってしまう。そんなリーファを助けてくれたのは、アガスティア王国·第一王子のサラムで、リーファは子供の姿のまま、精霊使いとしてサラムと共に水源を探すことになった。砂漠での活動を通してサラムとの間に固い絆と友情が芽生え始めた折、リーファは一時的に本来の十八歳に戻ることに成功する。しかし、その姿でサラムに会ってしまい、子供のリーファと同一だと気づかれないまま、思いがけず交流を持ってしまい…？

# リンクスロマンス大好評発売中

## 獣人騎士と幸福の稀人

じゅうじんきしとこうふくのまれびと

**月森あき**

イラスト：絵歩

本体価格870円+税

獣医の有村遙斗は愛犬のレオと共にイガルタ王国という異世界に飛ばされた。そこは狼の獣人が棲む世界で、原因不明の疫病が蔓延し国家存続の危機に直面しているらしい。国を救う神としてレオが召喚されたらしいが、人間の遙斗は「異形の者」として獣人たちに忌み嫌われてしまう。そんな遙斗に唯一優しくしてくれたのが、騎士団長の銀狼・ブレットだった。寡黙だが真摯で誠実なブレットに「この身に代えてもハルトを守る」と誓われ遙斗は次第に心を許していく。しかしブレットが温情を向けてくれるのは遙斗が神であるレオの一番近くにいるからで、ただの任務にすぎないと思うと切なくなり…。

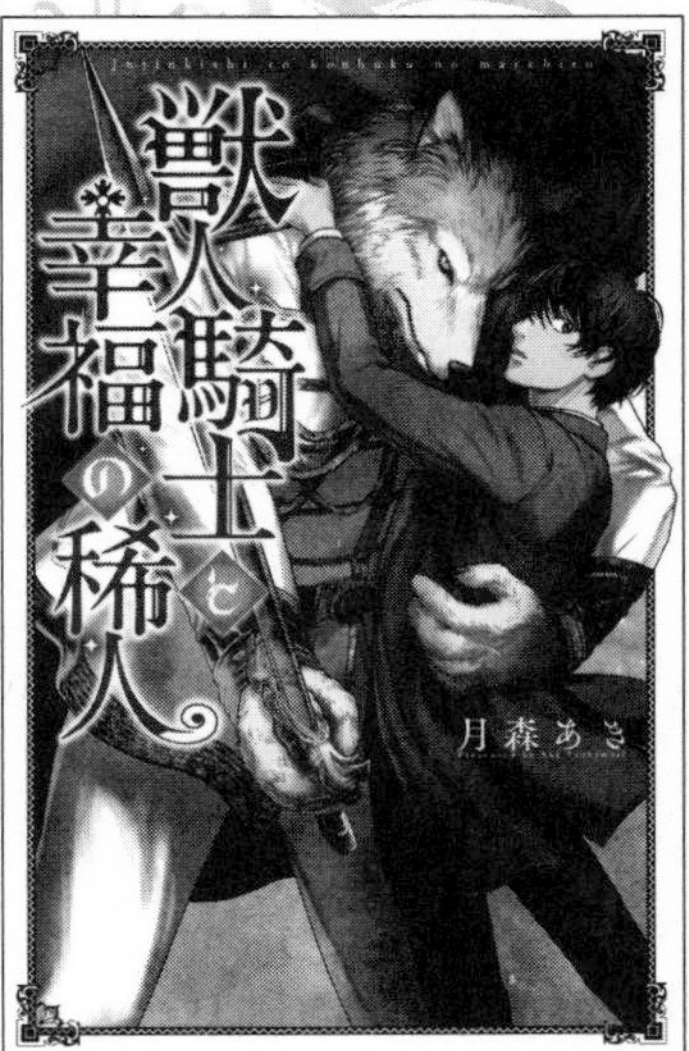

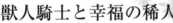